海外小説の誘惑

サンアントニオの青い月

サンドラ・シスネロス

くぼたのぞみ＝訳

白水uブックス

サンアントニオの青い月　目次

I　トウモロコシの匂いのルーシー

II　聖なる夜

Ⅲ　男がいて女がいた

サンアントニオの青い月

わたしのママへ、
烈しいことばづかいをわたしに教えてくれた
エルビラ・コルデロ・アンギアーノへ。
そし《ィ》て、わたしのパパ《パラ・ミ・パパ》へ、
やさしさを伝えることばづかいを教えてくれた、
アルフレード・シスネロス・デル・モラルへ。
ふたりのために心をこめて
この短篇集をささげます。

I　トウモロコシの匂いのルーシー

あたしも　あなたが大好きよ
だから　あなたも幸せでいてほしい
——クリ・クリ
（フランシスコ・ガビロンド・ソレル）

トウモロコシの匂いのルーシー

ルーシー・アンギアーノは、テキサス生まれの、トウモロコシみたいな匂いの子。フリト・バンディト・チップスみたいな、トルティーヤみたいな、ニシュタマル〔完熟トウモロコシの穀粒を石灰と水で加熱処理した生地〕やパンみたいな、なんかあったかいものの匂いがあの子の頭からする。ふたりでくっついてペーパードールの切りぬきの上にかがみこんでるときや、ポーチにしゃがんでおはじきの取り換えっこをしてるときに、このきれいなクリスタルの、透かすとほら、手に青い星がうつるんだよ、これとそっちの大きなキャッツアイの形のと取り換えない？　まんなかにバッタみたいな緑色の渦巻きのあるそれ、甲虫の汁みたいだね。国境まで車で走ってくとフロントガラスにぶつかるあの虫だよ、チョウチョの黄色い血みたいに、なんていいあってるときにふっと匂うあの匂い。

ドッグフード食べたことある？　あたし、あるわよ。とルーシーはいって、氷みたいにがりがりっと嚙んで、口を大きく開けて見せてくれるけど、口のなかにはピンクの舌が、目のない虫みたいにまるまってるだけで、ジェニーが、見せてよ、といってそれをのぞきこむ。でも、あたしはそんなルーシーが好き。コーンの匂いの髪をして、あたしの水色のゴムのサンダルと、そっくりおんなじサンダルをはいてるルーシー。だってそのゴムぞうりはKマートで、たったの七九セントで、ふたりいっしょに買ったんだもん。

あたしは陽のあたるところに座ることにしてる。外の気温が何千何万度になったってぜんぜん平気。だから肌が真っ黒になって、手や足をまげたとこが青く見える。ルーシーみたい。ルーシーは家族もみんなそう。目がナイフでスパッと切ったように細い。ルーシーも妹たちもそう。ノーマも、マルガリータも、オフェリアも、エルミニアも、ナンシーも、オリビアも、チェリも、それにラ・アンバー・スーも。

ルーシーの家のスクリーンドアには網が張ってない。バタン！　黒い仔犬がじぶんの毛に咬みついてる。ポーチの上にはずんぐりしたカウチ。窓は、青く塗ってあったり、ピンクに塗ってあったり。ルーシーの父さんがその日は疲れてしまったのか、塗るのを忘れちゃったんだ。ママは台所で洗濯機のローラーしぼり機に洗濯物をはさみこんでるところで、ローラーから押しだされてピンとなった洗濯物が折り重なっていくけど、みんな紙みたいにペッタンコだ。ルーシーは前に一度ローラーに片腕を突っこんじゃって、マァー！　と大声でわめかなくちゃならなくなって、ママも機械を逆まわしさせなくちゃならなくって、それでルーシーの腕は巻きもどされて、手ももどってきたけど、指が真っ黒になってしまって、しばらくしてから爪が抜けた。でも、あんたの腕は洗濯物みたいにペッタンコになんかなかったの？　腕はどうなった？　空気入れでふくらませなくちゃならなかったの？　ううん、指だけ。ルーシーは泣きもしなかった。

　ポーチの手摺りから身を乗りだして、赤ん坊のアンバー・スーのピンクのソックスの片われを、チェリの花柄Tシャツの上のところに洗濯バサミで止めて、ラ・オフェリアのジーパンをオリビアのブラウスの内側の縫い目のところに止めて、マルガリータのフランネルのねまきを伸びないように上からかけて、それから父さんの作業用のシャツをこうやって逆さまに吊す。そうすれば洗濯物はあんまりひどいしわにならずにすむし、場所もとらないし、おまけに余計な洗濯バサミも使わなくてすむからね。女の子たちはみんなで服をまわし着してるけど、オリビアだけは貸さない。ケチだから。この家には、男の子はいない。女の子ばかり。それに、めったに家にいない父さんと、ああ《アーィ》！　ほんとに疲れたわ、といってる母さんひとりと、姉やら妹やらがいっぱいいていちいち数えてられないくらい。

　一日のうちでいちばん暑いときでもあたしは陽なたに座ってる。通りにでるとくらくらっとするころだから、暑さで頭のてっぺんがちっちゃな帽子みたいになって、土埃や草の葉っぱや汗がいい感じに焦げて、ほかほかと湯気のたつスイートコーンみたいな匂いになる。

　あたしもちっちゃな妹たちと頭をごしごしこすりあっていっしょのベッドで寝てみたい。頭の上のほうに何人かいて、足のほうにも何人かいる。妹たちと寝るのっておもしろそう。みんないっぺんに叫んだり、代わる代わる叫んだりして、居間の折畳み式の椅子でひとりで寝るよりおもしろそう。

家に帰るとおばあちゃん《アブエリータ》が、だからいったじゃないか、っていうだろうな。おばあちゃんがなんのことといってるか、すぐにわかる。あしたもこのドレスを着ることになってたから。でもその前にルーシーの家に行って、庭に置いてあるおしっこだらけの古いマットレスから飛び降りようっと。ルーシー、あんたの蚊にさされた痕をかいてあげるよ、そうすればかゆくなるからね、そこにマーキュロでニコニコマークを描いてあげる。ふたりで靴を取り換えっこして、手にそれをはかせようか。それからジェニー・オルティスの家まで行って、もう絶対にあんたとなんか友だちになってやんないからねえだ！　っていってやろうよ。それから後ろ向きになって走って、あとは前向きになって家まで走ってこよう。ネズミが隠れてる家の下を二度ほどのぞきこんで、あんたがけしかけるから、あたしは片足をそこに突っこむ。空は真っ青、あの白い雲のなかに天国があるんだよね。あたし、膝小僧から、かさぶたをはがして食べちゃおう。それから猫のところへ行って思いっきりくしゃみをしてやろう。M&Mのつぶチョコを三つ、あんたにあげるね。きのうからとっておいたんだ。それからあたしの指であんたの髪をとかして、すっごくかわいい、ちっちゃなお下げに結ってあげる。バスに乗ってる女の人に手を振ろうよ。こんちわあ！　知らない人でもいいじゃない。それから、あたし、フロントポーチの手摺りで前まわりしようっと。パンツ《チョネス》まる見えでもいいや。それからふたりでいっしょにお人形を描いて、それを切りぬいて、あんたの首にあたしの腕をからませながら、人形の服に色を塗ろうよ。

それからふたりして相手を見ると、あれえ、べたべただあ。オレンジ色の棒つきアイスキャンディをはんぶんこして食べたせいだ、ってことは、あたしたち、もう姉妹《シスターズ》ってことだね？ そうだよね、あんたとあたし、ふたりとも、歯が抜けておこづかいになって返ってこないかなあって待ってるの。あんたは笑いながらあたしの耳に、こそこそってなんかささやく。するとあたしは、アハハハって笑う。あの子とあたし。友だちのルーシーって、トウモロコシの匂いがするんだ。

十一歳

　誕生日のことでみんながわかってなくて、絶対にだれも教えてくれないのは、十一歳っていうのは十歳でもあるし、九歳でもあって、八歳でも、七歳でも、六歳でも、五歳でも、四歳でも、三歳でも、二歳でも、一歳でもあるってこと。十一歳の誕生日に目がさめて、さあ、十一歳ってどんな感じかな、と思ってみても、べつになんにも変わってない。目を開けると、なにもかも昨日とおんなじで、今日になったってだけ。ぜんぜん十一歳になったって感じがしない。まだ十歳のまんまって感じ。それって、じぶんは……ゼロ歳から十一歳までの、どの年齢でもあるんだってことなんだけど。

　たとえばある日、なんかバカなことをいってしまったら、それってじぶんのなかのまだ十歳の部分。それから、もしもこわくなってママのひざに抱っこしてもらいたくなったら、それってじぶんのなかの五歳の部分。そのうちいつかすっかり大人になって、それでも三歳のときみたいに泣きたくなることだってあるかもしれないけど、でも、それはかまわないのよ。ママが悲しくなって泣きたくなったら、あたし、ママにそういってあげよう。たぶんママは三歳になったみたいに感じてるはずだから。

大人になっていくって、なんていうか、タマネギみたいに、木の幹の内側にある年輪みたいに、あたしがもってる入れ子細工のお人形みたいに、それぞれの年が内側に重なって入ってるって感じなんだ。十一歳になるってのはそういうこと。

はっきり十一歳って感じがするわけじゃない。すぐにはしない。何日もかかって、何週間もかかって、何歳？　ってきかれて、「十一歳」って答えられるようになるまで、何か月もかかることだってあるかもしれない。それに、すっきり十一歳だって感じられるようになるのは、もうすぐ十二歳になるころかもしれない。まあ、そんな感じかもね。

でも今日だけは、年の数が十一年分しかないなんてイヤだと思った。あたしのなかには、バンドエイドの空缶に入れた一セント玉みたいにガラガラって鳴る数しかないなんてイヤだった。今日は、十一歳なんかじゃなくって、百二歳だったらよかったのに。だって、もしも百二歳だったら、プライス先生があたしの机の上にその赤いセーターを置いたとき、なんていったらいいかわかったはずだから。あんな顔をしたまま、どういったらいいのか、ことばがなんにも出てこないまま、ただ座ってないで、先生に、それはあたしのではありません、っていうことができたはずだから。

「これはだれの？」プライス先生はそういって、赤いセーターをクラス全員に見えるように高くあげる。「だれの？　一か月も更衣室に置きっぱなしになってましたよ」

「わたしのじゃありませーん」とみんながいう。「わたしじゃありませーん」

「だれかのものでしょ」プライス先生は何度もいうけれど、だれも思いだせない。それは、赤いプラスチックのボタンのついたみっともないセーターで、襟と袖がダラッと伸び切ってて、なわ跳びのロープにできそうなほど。年でいうならたぶん千歳くらいだ。たとえあたしのでも、そうだなんて絶対にいいたくないようなしろもの。

きっとあたしが痩せてるからだ、きっとあの子があたしのことをきらってるからなんだ。あのバカなシルビア・サルディバルが「それはレイチェルのだと思います」なんていうのは。古くてボロボロの、あんなみっともないセーター。でもプライス先生ったら、シルビアのいうことを真にうける。プライス先生がセーターを持ってきて、あたしの机の上に置く。でもあたしは、口を開けてもことばがぜんぜん出てこない。

「それは、いえ、わたし、いえ、あの……わたしのじゃ、ありません」とやっとちいさな声でいうあたしは、そのとき四歳にもどっている。

「もちろんこれはあなたのよ」プライス先生はいう。「前に一度、これを着ていたのを見たことがあるわ」プライス先生は年上だし、おまけに先生なんだから、彼女が正しくて、あたしがまちがってるってわけだ。

あたしんじゃない、あたしんじゃない、あたしんじゃない、でもプライス先生はもう教科書の三二ページを開いて算数の問題四をやろうとしている。どうしてなのかわからないけど、いきなりぐっとこみあげてきて、あたしのなかの三歳の部分があたしの目から外へ出たがってるみたいで、それでも、やっとの思いでそれを押さえて出てこないようにして、歯をぎりぎりっと噛みしめて、今日からあたしは十一歳、十一歳なんだ、と思いだそうとする。今夜のために、あたしのために、ママがケーキを作ってくれてるんだから、パパが帰ってきたらみんなが「ハッピバースデイ・トゥー・ユー」って歌ってくれることになってるんだから。

それでも、こみあげるような感じがなくなって目を開けると、やっぱり赤いセーターはそこに居座ってる。大きな赤い山みたいに。あたしはその赤いセーターを机のうんとすみっこに定規で押しやる。鉛筆と教科書と消しゴムを、できるだけそこから遠ざける。椅子もすこしだけ右によせる。あたしんじゃない、あたしんじゃない、あたしんじゃない。

頭のなかで考える、お昼休みまであとどれくらいだろう。お昼休みになったら、この赤いセーターをつまみあげて、校庭のフェンスから放り投げようかな。パーキングメーターに引っかけようかな、それともぎゅっとまるめて道路にポイと捨てちゃおうかな。ところが、算数の時間が終わらないうちに、プライス先生ったら、大声で、それもみんなのまん前で「さあ、レイチェル、いいかげんにしてっ」という。あたしが赤いセーターを机のすみっこに押しやったもんだから、セーターが机の縁から滝のようにだらーっと垂れ下ってて、それでもあたしが知らんぷりしてるからだ。

「レイチェル」とプライス先生が、おこってるみたいにいう。「いますぐにそのセーターを着なさい、わけのわからないことは、もうたくさん」

「でも、それ、あの……」

「さあ！」プライス先生はいう。

その瞬間、あたしは十一歳なんかイヤダって思う。だって、カッテージ・チーズの匂いがするそのセーターの片方の袖に手を通そうとすると、あたしのなかにある年齢がみんな、どっと……十歳も、九歳も、八歳も、七歳も、六歳も、五歳も、四歳も、三歳も、二歳も、一歳も……まぶたの裏に押し寄せてくるから。それからもう一方の袖に手を通すと、セーターがあたしを傷つけてるみたいな感じがして、そうやって両腕を広げたまま突っ立ってると、本当にセーターがあたしを傷つけてて、チクチクかゆくてバイ菌だらけで、ひどいよ、あたしんじゃないのに。

今朝からずっと、プライス先生があたしの机の上に赤いセーターを置いたときから、ずっとがまんしてきたことが、なにもかもこらえきれなくなって、あたしは、わっと泣きだしてしまう。みんなの前なのに。じぶんの姿が見えなければいいと思う。そんなの無理だけど。十一歳なのに、今日はその誕生日なのに、あたしは、みんなの前で、三歳の子どもみたいに泣いてる。机に突っぷして、クラウンの着るような変なセーターの袖に顔をうずめて。顔はほてるし、口から唾は垂れてくるし、目から涙がすっかり出てしまうまで、ちっちゃな動物の鳴き声みたいな音が止まらなくって、体がしゃっくりのときみたいにヒックヒック震えて、頭ぜんたいがミルクを一気飲みしたときのようにキーンと痛い。

でも最悪なのは、お昼休みのベルが鳴る直前。あのバカなフィリス・ロペスのやつが、シルビア・サルディバルよりずっとずっとバカなやつが、思いだしたわ、その赤いセーターはあたしのだ、なんていう！　さっさと脱いでわたしてやったけど、プライス先生ったら知らんぷり。

今日、あたしは十一歳だ。ママが今夜のためにケーキを焼いてくれていて、パパが仕事から帰ってきたらみんなで食べることになってる。キャンドルを灯してプレゼントをもらって、みんなが「ハッピバースデイ、ハッピバースデイ・トゥ・ユー、レイチェル」っていってくれても、もう手遅れだ。

あたしは今日で十一歳。あたしは十一歳で、十歳で、九歳で、八歳で、七歳で、六歳で、五歳で、四歳で、三歳で、二歳で、一歳だけど、百二歳だったらよかったのにって思う。十一歳じゃなければ何歳だっていいよ。だって、今日のことなんか、もう、ずっと遠くに行っちゃうといい、と思ってるから。糸の切れた風船みたいに、空の上まで飛んでいって、ちっぽけな「マル」になって、目を細めなければ見えないくらいに、ちいさく、ちいさく、ちいさくなって、消えてしまうといいんだ。

そのうちサルバドールが

青虫色の目をしたサルバドールは、くせ毛の髪にふぞろいの歯をしたサルバドールは、先生に名前をおぼえてもらえないサルバドールは、友だちがひとりもいない男の子。帰っていくのは、どこかよくわからないけど、景気がいいとはとてもいえない家並みのあたり。粗削りの木材で作ったドアの奥で、毎日、朝もまだ薄暗いうちに、眠たそうな弟たちを揺りおこして、靴のひもを結んで、髪に水をつけてとかしてやって、ブリキのカップにミルクとコーンフレークを入れて食べさせてやる。

そのうちサルバドールが、遅かれ早かれ、したくのできた弟たちと数珠つなぎになってやってくる。赤ん坊のことで忙しいママの代わりに、セシリオとアルトゥリトの腕を引っぱり、ほら急いでっていってる。だって今日は、昨日もだけど、アルトゥリトがクレヨンの入った葉巻の箱を落っことして、あたりに赤や緑や黄色や青のクレヨンや、ちっちゃい黒い棒まで散乱して、アスファルトの水たまりの向こうまで飛んでしまったので、横断歩道のところで交通安全のおばさんが、サルバドールがクレヨンを拾い終わるまで車の通行を止めてくれてる。

しわくちゃのシャツを着たサルバドール。喉もとから声を出してなにかいうとき、いつも咳払いをしなくちゃならなくて、そのたびに、すいませんというサルバドール。体重一八キロの少年の体に、地図のような傷痕をつけて、傷めつけられた歴史を背負って、羽とぼろ布がつまったような腕と脚をしたサルバドールは、目のところで、心臓のところで、両こぶしをあてるとドキンドキンといってる鳥かごのようなその胸のなかで、サルバドールだけが知ってることを感じている。幸せの百個の風船と悲しみのギターをひとつ入れておくにはちいさすぎる体をしたサルバドールは、教室のドアから出ていくほかの少年とちっとも変わりがないのに、校庭の門のあたりで待ってろよといっておいた弟たち、セシリオとアルトゥリトの手をとって、色とりどりの生徒の服や持ち物のあいだをぬって、肘と手首を交叉させたバツ印をくぐりぬけて、走りまわる靴をいくつもかわしながら、急ぎ足で帰っていく。みるみるちいさくなる姿が、まぶしい地平線にとけていく。ちらちら揺れながら消えていく凧の残像のように。

メキシカン・ムービー

ペドロ・アルメンダリスがボスの女房と恋仲になる映画でね。その女房ってのが疫病神みたいなやつで。ペドロときたらマヌケでドジで、まったくなさけないったら。でも映画であたしが好きなのは、男が女の服を脱がせはじめるところなんだ。だって、そこへくるとパパが二五セント玉をくれて、ロビーに出てろ、ほら急げっていうから。登場人物がまた服を着るまでなんだけどさ。

ロビーには、ぶあつくて真っ赤なカーペットが敷いてあって、足をこするとパリパリッて電気が起きそう。それにベルベットのカーテンがあって、将軍の肩章みたいな黄色のすそ飾りがついてる。それから階段のところに、こんなに太いベルベットのロープが渡してあって、ここはのぼってはいけないという意味なんだ。

女性用のトイレに置いてあるマシンに二五セント玉を入れて、プラスチックのティックタックトゥー〔三目ならべ〕や、バースデイケーキの飾りについてるシュガーローズみたいなピンクの口紅を買ってもいいし、外に出てキャンディ売場で揚げ菓子のチュロを買ってもいいな。ハムとチーズのトルタでもいいし、箱入りのナツメゼリーでもいい。もしもナツメゼリーを買ったら、箱はとっておくんだ。だって、食べおわってから箱に息を吹きこむと、ロバの鳴き声みたいな音が出るから。映画の最中にその音をたてると、つられてほかの子もナツメゼリーの箱でおなじ音をたてるから、すっごくおもしろい。でも最後は、やめなさいってパパにいわれるけど。

あたしはペドロ・インファンテの映画がいちばん好き。だってペドロはいつだって馬に乗って歌を歌うんだもん。それに、大きなソンブレロをかぶってるし、絶対に女の人のドレスを引き裂いたりしない。女の人がバルコニーから花を投げたりして、それで、たいていいつもだれかが死んじゃう。でも死んじゃうのはペドロ・インファンテじゃない。だって、彼は映画の最後のところで、ハッピーエンドの歌を歌わなくちゃならないから。

キキはまだちいさいから、通路を行ったり来たりして走りまわりたがる。ほかの子といっしょになって行ったり来たり、まるで小馬みたい。あたしもむかしやったけど。でも、いまのあたしの役目は、キキが床に落ちたキャンディを見つけて、拾って口に入れないように見張ってることなんだ。

ときどき、どこかの子がステージにはいのぼって、スクリーンの下のほうにその子の影が写ったりする。そんなときはみんな大笑い。そのうち赤ん坊が泣きだす。するとだれかが「そのガキを連れだせよ!」とスペイン語でわめく。でもそれがキキのときは、連れだすのはあたしってことになる。だってパパは映画を観てるときはてこでも動こうとしないし、ママはネズミに脚をかじられたくないからって、脚をアコーデオンみたいに折りまげて座ってるんだもん。

映画館はポップコーンの匂いがする。あたしたちがよく買う箱には、クラウンが空中にポップコーンを放りあげて口でパクッと食べる絵がついてて、絵のなかのちいさな吹きだしに「栄養満点、味も最高」って書いてあるんだ。あたしとキキもポップコーンをポンと放りあげてパクッとやるのが大好きで、失敗してコーンが頭にあたるとキャーキャー笑う。ほかにも好きなのは、ポップコーンをガバッと手でつかんで、口に放りこめる大きさになるまで手のなかでグシュグシュにつぶしてから口に入れて、コーンが歯にあたってキュッキュッというのを聞きながら噛みくだいて、最後に、そのつぶつぶを相手にプーッと吹きつけるの。スイカの種ぶつけ競争みたいに。

あたしたちはメキシコ映画が好き。会話ばっかり続いているのでもかまわない。体をドーナツみたいにまるめて、固いひじかけのところに頭をのっけたまんま眠ってしまうと、ママが着ていたセーターをそこに入れてくれる。でもそのうち映画は終わる。明かりがつく。だれかがあたしたちを抱きあげて……あたしたちの重たい脚と靴が、死人みたいにだらんと垂れて……寒い外を灰皿みたいな匂いのする車まで運んでってくれる。白と黒、閉じたまぶたの裏側にも白と黒の光が見えて。そのころまでには目が覚めてるんだけど、目を閉じて寝たふりをしてるのがいい気持ちなんだ。だってここが最高にいいとこなんだもん。ママとパパはあたしたちをバックシートから抱きあげて、あたしたちが住んでる、通りに面した三階のアパートまで階段をのぼっていく。それから、靴と服を脱がせてくれて、シーツをかけてくれる。目を覚ますと、もう日曜の朝になってて、あたしたちはベッドのなかでとっても幸せな気分。

バービー・Q

……リチャに

あんたのバービーは意地悪そうな目をしたポニーテイルの人形で、ストライプの水着を着てスティレットヒールをはいて、サングラスと金色のフープイヤリングをしてるの。あたしのバービーはバブルヘアの人形で、赤い水着にスティレットヒールをはいて、真珠のイヤリングをつけて、ワイヤスタンドつき。でも予備の洋服セットはふたりとも、ひとそろいしかもってない。あんたのは「レッドフレア」。洗練されたAラインのコートドレスにジャッキー・ケネディがかぶってた箱型の縁なし帽と白い手袋、それからハンドバッグにハイヒールがついてるのよね。あたしのはエレガントな「ソロ・イン・ザ・スポットライト」よ。黒いキラキラしたストラップレスのイブニングドレスで、スカートがすそのところでふわふわっと外側に広がって人魚のシッポみたいなの。フォーマルな長めの黒い手袋をはめて、ピンクのシフォンのスカーフを手にもってて、マイクもついてる。ドレスはあんまりなんども着せたり脱がせたりしたもんだから、両胸のとんがってるところの黒いキラキラがすりきれちゃった。それから古靴下の片方の、ここと、ここと、ここに穴を開けて、じぶんたちでこしらえたドレスもあるのよね。魅力たっぷりだけどまだ初心《うぶ》な感じに、肩が出るように端っこを折り返しておいたっけ。

ストーリーはいつもおんなじ。あんたのバービーはあたしのバービーのルームメイトで、あたしのバービーのボーイフレンドがやってくると、あんたのバービーがその彼を横どりしちゃうって話。それでいい？ キス、キス、キス。それからふたりのバービーがけんかする。あんたがボンヤリしてるからよっ！ 彼はあたしのもの。そんなことないよ、あんたなんか、サイテーッ！ ケンはただ姿が見えないってことにしておこう。それでいい？ だって、マヌケな顔したボーイフレンドの人形なんか買ってるお金はないし、今度のクリスマスにはふたりともバービーの新しい洋服セットを買ってもらうほうがずっといいもんね。あんたの意地悪な目をしたバービーと、あたしのおバカなバービーと、それぞれ、たったひとそろいの洋服セットでやりくりしなくちゃならないんだから。古靴下のドレスは数に入れないことにして……だけど。

でも、それも次の日曜日にマックスウェル通りのノミの市を歩きまわって、大発見するまでのこと。あった！ 通りにならべられたこまごまとした道具類のとなりに、ならんでる、ならんでる。踵がすりへったプラットフォームシューズでしょ、蛍光グリーンの柳細工のくず籠でしょ、アルミホイルでしょ、ホイールキャップに、毛羽立ったピンクの敷物に、フロントガラスのワイパーの刃、埃をかぶったメイソンジャー、それから錆び釘がいっぱい詰まったコーヒー缶。あそこ！　どこ？　マテル社の箱がふたつあるでしょ。ひとつは「キャリアギャル」のアンサンブル。ピシッと決まる白黒のビジネススーツで七分袖のジャケットにキックプリーツの入ったタイトスカート、赤い袖なしブラウス、手袋とパンプス、おそろいの帽子もついてる。もう一式は「スイートドリームズ」よ。夢見るようなピンクと白の格子縞のナイトガウンにおそろいのローブ、レースの縁取りをしたスリッパ、それにヘアブラシと手鏡もついてる。いくら？　おねがい、おねがい、おねがい、おねがい、おねがい、おねがい、おねがい、オーケーが出るまでいい続ける。

　あんたもあたしも、はたから見れば、ただハミングしながらスキップしてるだけだけど、心のなかじゃ宙返りするやら、爪先でくるくるピルエットするやら、最高の気分で、箱入りパイの手前のとこの、次の出店まで行く。明るいオレンジ色のトイレブラシ、ゴム手袋、レンチ・セット、羽をたばねたブーケの花束、ガラスのタオルかけ、スチールウール、「アルヴィンとシマリスたち」のレコード、その隣に、ほら！　あった！　あそこにも！　あそこにも！　そこにも！　そこにも！　新しい内巻きヘアスタイルの、脚が折りまげられるバービー人形。バービーの大の仲良しミッジ。バービーのボーイフレンドのケン。バービーの妹のスキッパー。バービーとスキッパーの双子の妹弟トゥッティとトッド。スキッパーの友だちのスクーターとリッキー。ケンの親友アラン。それにバービーのモダーンな従姉、フランシーまである。

今日はだれもかれもがオモチャを売ってる。ぜんぶ水をかぶってて、傷んでて、煙の臭いがしみこんでる。昨日、ホールステッド通りの大きな玩具屋さんが火事で焼けちゃったからだ。ほら、あそこ、見える？　まだ煙がもくもくあがってるよ。高架のダンライアン線に交差するようにして流れていく。だからこうしてマックスウェル通りで、今日だけの、大火事セールをやってるんだ。

だから、あたしたち、脚が折りまげられる新しいバービーとミッジとケンとスキッパーとトゥッティとトッドとスクーターとリッキーとアランとフランシーが、きれいでおしゃれな箱入りので買えなくっても、ちっともかまわなかったね。水びたしになって煤けたのをマックスウェル通りで買わなくちゃならなくっても、ぜんぜんかまわなかったよね。あたしたちのバービー人形が、洗っても洗っても洗っても、つかんで鼻を近づけると煙の臭いがしても、それってしょうがないよ。それから、いちばんきれいな人形の、モダーンな従姉のフランシーはつけまつげしてて、まつげブラシもついてるけど、左足がちょっとだけ溶けてる、でも……だから？　新しい「プロムピンクス」セットの、サテンの豪華なドレスにおそろいのコート着せて、金のベルトにクラッチバッグもたせて、ヘアブロウしちゃえば平気よ。ドレスをめくらなければ、でしょ？　そんなとこまで、だれも気がつかないよ。

メリケン

わたしたちは、神の摂理《ラ・ディビナ・プロビデンシア》へ導く祭壇の前で献金箱《ラ・オフレンダ》に何ペソか投げ入れてるおっかないおばあさんを待ってる。おばあさんは奉納用のロウソクを灯してひざまずいてる。額から胸に十字をきって、親指にキスをして、クリスタルのロザリオを指でまさぐりながら、ぶつぶつ、ぶつぶつ、お祈りを唱えてる。

ものすごくたくさん、お祈りやら、誓いやら、ありがたいことでございます、なんて神さまにお礼のことばをいってる。夫や息子たちの代わりに、ミサにでかけてこない一人娘の代わりに。それはかまわないのよ。おっかないおばあさんは、聖母グアダルーペみたいに、みんなの代わりに神さまにお願いしてるんだから。ＰＲＩ（制度的革命党）が初めて選挙に勝ってから、なんにも信じなくなったおじいさんのために。わたしの父さんのために、あんなに痩せちまって、エル・ペリキンはもっとたっぷり眠らなくちゃ。エル・ペリキンってわたしの父さんだけど。白人みたいに色の白いおばさんのために、ほんの二、三時間前に、夜通し盛り場で踊りあかして帰ってきて、朝ご飯に牛の脳味噌と山羊肉のタコスをパクついてたおばさん。それから、ファット・フェイスおじさんのためにも。一家のやっかい者ナンバーワンのおじさんだ。おばあさんは、いいかい、いつも忘れないでファット・フェイスおじさんのこともお祈りするんだよ、という。それから、ベイビーおじさんの分も……ママ、俺の分もたのむよ……神さまが聞いていなさるよ。

おっかないおばあさんは長いこと入ったっきり、でてこない。革製の重たそうな外側のカーテンの向こうの、埃っぽいベルベットの内側のカーテンの奥に消えてしまった。わたしたちは教会の入口のあたりにいなくちゃならない。うろうろしたり、風船やパンチング・ボールを売ってる物売りのところへ行っちゃだめなんだ。もらったおこづかいを、フライドクッキーや、ブロン一家のマンガや、透明な円錐形をしたあのペロペロキャンディなんかに使っちゃいけないんだ。あのペロペロキャンディで透かして見ると、まわりがぜんぶ虹みたいに見えるのにな。逃げだすこともできないし、木馬に乗って写真を撮ってもらうわけにもいかない。教会の裏手の丘にのぼって、墓地のなかをあちこち追いかけっこするのもダメ。おっかないおばあさんが帰ってくるまで、ここにいるんだよ、といわれたところにじっとしてる、そう約束したから。

ひざをついたままのかっこうで、教会に入っていく人がいる。脚にぶあつい布を巻きつけてる人もいる。枕を持ってる人もいる。枕の上にひざまずいたり、枕を前にしてバサッと倒れこんだりするんだ。黒いショールをはおった女の人たちが、胸のところで十字をきったりその手をおろしたりしている。バナーと花飾りのついたアーチを持った悔悛者の一団がいる。音楽隊がちっちゃなラッパを吹いて、ちっちゃな太鼓をたたいてる。

聖母グアダルーペは教会のなかの、一枚のぶあつい板ガラスのうしろで待っている。金の十字架がぐにゃっとまがってる。メスキートの木に爆弾を投げつけたらあんなふうになるかな。聖母グアダルーペは大きな奇跡だから中央の祭壇に置いてあって、そのまがった十字架はちいさな奇跡だから、横の祭壇に置いてある。

でも、わたしたちは陽のあたる外にいる。兄さんのジュニアが、壁にもたれてしゃがんで目を閉じてる。弟のキークスは、ぐるぐる円を描いて走ってる。

たぶん、いやきっと、弟は羽をつけて空飛ぶダンサーになったつもりなんだ。聖母マリアの誕生日にわたしたちが見た、柱から空高くスウィングした人たちみたいに。わたしも羽をつけて空飛ぶダンサーになりたいなと思っていると、弟は、ぐるぐる走りながらわたしのそばにやってきて、「おれはB52戦闘爆撃機だぞ。おまえはドイツ軍だ」と叫んで、マシンガンでわたしを撃つまねをする。わたしは羽をつけて空飛ぶダンサーごっこしたいのに。でも弟にそういうと、もう遊んでくれなくなるかもしれない。

「女《ガール》なんか。女となんか遊べないぜ」女。兄さんや弟は、いまじゃ、そういってわたしをばかにしようとする。「いくじなし」とはもういわない。大声で「おまえなんか、女だ」とか「おまえのボールの投げ方は女みたいだ」なんていい合うのだ。

わたしがドイツ軍になる覚悟をしたところへ、キークスがまた襲撃してきて、今度は、「おれはフラッシュゴードンだぞ。おまえは冷血ミンとマッドピープルだ」と叫ぶ。冷血ミンならいいけど、マッドピープルになるのはいやだ。目尻になにかがにじんできて外に出たがってるみたいだけど、がまんする。泣くなんて、女がすることだから。

キークスにぐるぐる走りまわらせておく。「おれはローンレンジャーだ。おまえはトントだぞ」しゃがみこんでるジュニアをその場に残して、わたしはおっかないおばあさんを探しにいく。

どうして教会って、耳のなかみたいな匂いがするんだろう? お香の匂いみたいで、暗闇みたいで、青いグラスのなかのロウソクみたいじゃない? それに、聖水ってどうして涙の匂いがするんだろう? おっかないおばあさんにいわれて、わたしはひざまずき、手を合わせる。高い天井に、みんなのお祈りの声が風船みたいにポンポンぶつかってる。

聖人をじっと長いこと見つめていると、聖人が動きだしてわたしにウィンクする。するとわたしもなんだか聖人になったような気分がする。ウィンクする聖人にも飽きたので、おっかないおばあさんの鼻の下に、ひげみたいに生えてる毛を数えることにする。おばあさんは年取ったおじさんのためにお祈りしてる。虫がわいて病気なんだ。それから、苦労ばかりしてきたので顔半分がゆがんでしまって、もう半分がすごく悲しそうな表情になってしまったクカおばさんのためにもお祈りする。

教会に来なくなってしまった親戚は、ほかにもまだまだいっぱいいそうだ。おっかないおばあさんは死んだ人と生きている人の名前を、代わる代わる長いお祈りのなかに混ぜて、しめくくりに、野蛮人のやり方をする野蛮な国で生まれた孫たちの名前をあげる。

片ひざに体重をかけて、それからもう一方のひざに体重を移す。それでもひざが両方とも針刺しみたいにむくんじゃうと、ぴしゃぴしゃっと片方ずつたたいて生気を取りもどす。「ミカエラ、アルフレディトやエンリケといっしょに外で待っていていいんだよ」おっかないおばあさんは、これをぜんぶスペイン語でいう。いっしょうけんめい聞いているときは、わたしにもわかる。「なに？《ホワット》」なんてきくのはまずいのも、行儀がよくないのもわかってるけど、わたしはついきいてしまう。「ホワット？」これが、おっかないおばあさんには「グワット？」と聞こえるんだ。でも、おばあさんはこっちを見て、わたしをドアのほうへ押しやるだけ。

あたりが暗くなって土埃も見えなくなって、わたしは広場の明かりに目を細める。ちょうど映画館から出てきたときみたい。弟のキークスは割れたガラスの破片と靴の踵でコンクリートにくねくねと線を描いてる。兄さんのジュニアは、入口のところにしゃがんだままで、女と男のカップルと話してる。

ここの人じゃないな。ここの女の人はパンツルックで教会に来たりしない。それに、男の人が短パンをはいたりしないものだってことは、だれもが知ってる。

「キエレス、チクレ？」ガムはどうかとその女の人が大げさなスペイン語できく。

「グラシアス」と兄さんがいうと、女の人は片手いっぱいのガムをただでくれる。セロファンに包んだちいさな四角いチクレットだ。シナモン色のや、水色のや、白いのもある。白いのはぜんぜん味がしないけど、出っ歯みたいにくっつけて遊ぶのにちょうどいいんだ。

「ちょっとお願い《ポル・ファボール》」と女の人がじぶんのカメラを指差しながらいう。「ウン、フォト？」写真をとってもいいかときいているのだ。

「シ」と兄さん。

女の人はジュニアの写真を撮るのに忙しくて、わたしやキークスには気がつかない。

「おおい、ミシェル、キークス。おまえたち、ガムほしいか？」

「あれ、英語しゃべれるんじゃない！」

「うん」兄さんはいう。「ぼくたち、メリケンだから」

わたしたちはメリケンなのだ。わたしたちはメリケンで、教会のなかじゃ、おっかないおばあさんがお祈りをしている。

テペヤック

テペヤックの空に一番星がかすかにまたたきはじめて、藍色に染まる闇がヌエストラ・セニョーラ大聖堂の鐘楼の上におりてくると、広場の写真屋さんが記念写真の背景にする聖母グアダルーペの上にも、紙の帽子をかぶった風船とその風船を売ってる人の上にも、赤い天蓋を張った靴磨きスタンドの上にも、木造りの屋台でランチ用のフライを大鍋の油で揚げてた女たちの上にも、ミステリオス通りと五月五日通り《シンコ・デ・マヨ》の角にある金物雑貨店《トラパレリア》の上にもおりてくると、写真屋さんは三脚をたたみ、大きな写真機をしまって、いつのまにやら木馬もどこかへかたづけて、風船売りが、売れ残ったかたちのよくない風船を家にもって帰るためにひとつにまとめるころ、靴磨きの男たちが木箱に座ってるのに疲れたころ、ランチを揚げる女たちが皿やテーブルクロスやポットをもとどおりに大きなワラ籠のなかにしまい終わったころ、おじいちゃん《アブエリート》が、埃まみれの髪をしたアルトゥーロ少年に、店じまいだ、と声をかける。すると、ひしゃいだ靴をはき、紫色の肘をしたアルトゥーロ少年が、細長い棒で金属の波板シャッターをおろしていく。まるでまぶたを閉じるように、まずミステリオス通りに面したほうを、次にシンコ・

デ・マヨ通りに面したほうのシャッターをおろすと、おじいちゃんは少年に、帰ってもいいぞ、という。

わたしが着くのはちょうどそのころ。まず片方の靴が、次にもう片方の靴が、沈みかかった入口の敷石をまたいでいく。敷石のまんなかあたりが、革ひも編みサンダル《ワラッチェ》でこすれてつるつるになってる。接着剤の缶を買いにくる人、ハサミ研ぎをたのみにくる人、キャンドルや、靴墨、半キロ入りの釘の袋、テレピン油、青い斑点のついた白鑞《しろめ》のスプーン、ペンキ用の刷毛、額を吊るすワイア、灯油、ひもなんかを買いにくる人たちのサンダルでこすれてしまったんだ。

おじいちゃんは裸電球の下で、ハエがぶんぶん飛んでる埃っぽい天井の下で、葉巻をくゆらせながら、しわくちゃのクリネックスみたいになった、ふにゃふにゃのお札を数える。広場で平らな金属の皿にランチを盛って出す女たちが稼いだお金を数え、「テペヤック記念」の背景となるキャンバスの前で記念写真を撮る写真屋さんが稼いだお金を数え、縁飾りつき天蓋に守られた王国の靴磨きが稼いだお金を数え、聖 札《ホーリーカード》やロザリオや、肩からかけるスカプラリオの布や、プラスチックのちいさな祭壇なんかを売る教会の人たちと、通りの向こうの修道院に住んでる善良なふたりのシスターが稼いだお金を数える。低い声で数え直したお金を、紙袋に入れて、家にもって帰るんだ。

ぷくっとして、バレンタインのハートみたいにまんなかにえくぼのできるおじいちゃんの手をとって、ふたりで大聖堂のなかを通り抜ける。ここは、おばあさん《アブエラ》が毎週日曜日になると、おじいちゃんの魂のためにキャンドルを灯しにくるところ。ずっとむかし、フアン・ディエゴがこの「テペヤックの丘《セロ》」で聖母マリアを見たという奇跡を祭ってあるから、みんなここでひざまずいてお祈りをしてきたんだ。おじいちゃんはちがうけど。そこを通り抜けて、大通りを一ブロックほど行くと、仕立屋《サストレリア》のセニョール・グスマンさんちのまぶしい光の前にやってくる。なかではまだグスマンさんがミシンに向かって働いているのが見える。わたしがミルクとレーズン入りゼリーをよく買いにいくキャンディストアの前を通って、毎日午後になるとルス・マリアといっしょにお昼ご飯のトルティーヤを買いにやらされるラ・プロビデンシア・トルティーヤ店の前を通って、マルケスさんの奥さんの家の前を通って歩いていく。奥さんは、去年の冬、マルケスさんがガンのために亡くなったので未亡人になってしまった。ガンは奥さんの白いちいさな拳ほどもあったそうだ。それから、ラ・ムニェカのお母さんが、丹精こめて育てあげた評判のダリアに、ピンクのゴムホースでちょろちょろと水をやってる前を通って、ラ・フォルトゥーナ通り一二番地の家に向かう。そこがずっとわたしたちの家だったんだ。緑色の門の鉄格子は、わたしの名前の頭文字みたいな、なんていうか、アラベスク風の渦巻き模様で、聞きなれたカチン、ガラガラって音がして、見なれた蔦の透かし模様が入ってて、郵便屋さんが手を差しこめるように四角い穴があけてある。その郵便屋さんの顔は一度も見たことがなかったけど。おじいちゃんとわたしは、大きな声で二二段の階段を数えながらのぼっていく……ウノ、ドス、トレス……それ、ソパ・デ・フィデオ〔ヌードル入りスープ〕とカルネ・ギサーダ〔肉の煮込み料理〕……

が待ってるぞ……クアトロ、シンコ、セイス……グラス一杯のカフェ・コン・レチェ〔ミルクコーヒー〕もね……シエテ、オチョ、ヌエベ……おばあさんの飼ってるアホなオウムの声になんか負けないぞ、とドアをバタンと閉めて……ディエス、オンセ、ドセ……いつものようにテレビをつけっぱなしでうたた寝をして……トレセ、カトルセ、キンセ……おじいちゃんがいびきをかいて……ディエシセイス、ディエシシエテ、ディエシオチョ……孫娘のほうは、借り物のあの国へ帰るしたくをはじめて……ディエシヌエベ、ベインテ、ベインティウノ……この孫娘のことは、おじいちゃん、きっと忘れてしまうんだろうな、だっていちばん遠い孫だから……ベインティドス、ベインティトレス、ベインティクアトロ……何年かたって、ラ・フォルトゥーナ通り一二番地の家が売り渡されて、ミステリオス通りとシンコ・デ・マヨ通りの角の金物雑貨店《トラパレリア》は持ち主が変わって、中庭に通じるアラベスク風の渦巻き模様の門は蝶番ごと取り払われて、波形の金属板のドアにつけ換えられて、マルケス未亡人とラ・ムニェカのお母さんは引っ越してしまって、おじいちゃんは永遠の眠りにつく……ベインティシンコ、ベインティセイス、ベインティシエテ……それから何年かたって、もう一度ミステリオス通りとシンコ・デ・マヨ通りの角の店に行ってみると、そこはペンキが塗りかえられて薬局になって、行ってみると大聖堂は崩れかかって閉まっていて、広場の写真屋さんも、風船売りも、玉座に座った靴磨きも、木の屋台でランチを出している女の人の顔も見分けがつかなくなってしまい、ラ・フォルトゥーナ通り一二番地の家は、わたしたちが住んでいたころよりずっとちいさくて、暗くて、部屋には板が打ちつけてあったり、知らない人が住んでいたり、通りにでるといきなり、自動車とジーゼルの排気ガスでくらくらっとする。家の四方の壁は傷みきって庭は荒れはて、ボール蹴りをしていた子どもたちも、みんな大きくなってどこかへ行ってしまった。

だれに想像できたと思う？　こうして何年もたってから、なにもかもみんな忘れ去られていくときに、覚えていようとしているのがこのわたしだなんて。おじいちゃんのことを、おじいちゃんが墓石のなかに、名前をもたないまま、いっしょにもっていってしまったものを、もう取りもどすことのできないものを、覚えていようとしているのが、このわたしだなんて。

Ⅱ　聖なる夜

わたしには　あなたが　あなたが　あなたが大事
ほかのだれより　あなたが大事

——「褐色の肌」
歌／マリーア・ビクトリア
（作／ボビー・カポ）

聖なる夜

> 真実というのは、あなたがある人にそれを伝えたら、その人があなたを支配する力をもつ。もしも、だれかがあなたにそれを伝えたら、その人たちはあなたの奴隷となったのだ。それは強力な魔術。決して取り消すことはできない。
>
> ……チャック・ウシュマル・パロキン

名前はチャック。あの人はそういった。チャック・ウシュマル・パロキン。マヤ王朝の古くからの家系なんだ。ブーツの踵で地図を描いて、ほら、俺はここの、ユカタンから来たんだ。古代都市のいくつもあるところさ。ボーイベイビーはそういった。

おばあちゃん《アブエリータ》が箒で彼を追い払ってからもう一八週になる。ここだけの話だけど、レイチェルとルーデスのほかはだれにもいってない。ふたりはぜんぶ知っている。あの人は、あたしのこと愛していくって、革命みたいに、宗教みたいに愛していくっていった。おばあちゃんは手押し車を燃やして、あたしをここに送った。家から遠く離れたこの埃だらけの町へ。あたしのお腹を翡翠でこする皺だらけのお婆さんと、わあわあやかましい、いとこが一六人もいるここへ。

キュウリを売っていて身持ちが悪くなった女の子が、どれくらいいるのか知らないけど、あたしが初めてじゃないのはわかってる。あたしの母さんもおなじように、道をふみはずしてしまったそうだ。きっとおばあちゃん《アブエリータ》にはおばあちゃんの身の上話があるんだと思うけど、そんなこと、あたしからはとても聞けない。

おばあちゃんは、ラロおじさんがいけないんだっていう。一家をささえる男なんだから。帰ってくるはずのときにちゃんと帰ってきて、そうしろっていわれてた日に手押し車を出して働きにいっていれば、こんなことにはならなかったんだ。じぶんの世話もきちんとできないような、しょうがない孫娘に、おまえが目を光らせてさえいれば、あの子がメキシコに送られることもなかったんだって。すると、ラロおじさんは、そもそもあいつらがメキシコから出てきたりしなければ、恥ってものがわかって、あの子もこんな、とんでもない無茶なことはしなかっただろうにっていう。

あたしは、じぶんが悪くないなんていってるわけじゃない。じぶんだけが特別だなんていってるんじゃない。でもあたしは、戸口のところに立っていて、男たちといっしょに裏路に入っていくような、オールポート通りの女たちとはちがう。

あんなふうなのはいやだった。はっきりそう思っていた。背中をレンガに押しつけたままで、だれかの車のなかに身をふせて、なんていうのはいやだった。金の糸がさらさらってほどけるようなのがいいな、鳥がいっぱい入ったテントみたいなのがいいなって思ってた。そんなふうじゃないかなって、ボーイベイビーに逢ったとき、あたしがそう思っていたように。

でも、あたしはもうあのころのあたしじゃない。もう、わかったと思うけれど。ボーイベイビーは少年《ボーイ》なんかじゃなかった。チャック・ウシュマル・パロキン。ボーイベイビーは大人だった。年はいくつって、あたしがきくと、わからない、とあの人はいった。過去も未来もおんなじこと。だからあの人は少年《ボーイ》にも見えたし、赤ん坊《ベイビー》にも見えたし、大人の男にも見えたんだ、いっぺんに、それにあたしを見るときのあの人の目は、なんていったらいいのか、うまくいえない。

土曜日は、ジュエル食料品店の前に手押し車を止めることにしていた。最初あの人は枝つきのマンゴーを買った。二〇ドルの新札で払ってくれた。次の土曜日にもやってきた。マンゴーをふたつと、ライムジュースにチリパウダーを買って、つり銭はいらないよって。その次の土曜日、あの人はキュウリのスティックをくれよといって、それをゆっくり食べた。それから、しばらく見かけなかったけど、次にやってきたとき、あたしにプラスチックのコップに入ったクールエイドを買ってくれたんだ。そのときあたしは、じぶんがあの人のことをどう思ってるのかわかった。

たぶん、みんなはあの人が好きじゃないんだろうな。ただの浮浪者だと思ってるかもしれない。たぶんあの人はそう見えたんだ。たぶんそう。親指が両方ともつぶれてたし、ほかの指も焦げたみたいになってた。脂じみて汚くてぶ厚い爪は切ってなかったし、髪も埃だらけ。それに、体格も大人みたいにがっしりしてた。土曜日になると、あたしはいつもの青いドレスを着て待っていた。マンゴーとキュウリがぜんぶ売り切れるころになると、最後にいつもボーイベイビーがやってきたんだ。

チャックのことであたしが知ってるのは、あの人が教えてくれたことだけ。だってだれもチャックがどこの生まれかなんて知らないみたいだったから。わかってるのは、あの人が、だれも理解できない聞きなれないことばを話せるってことだけ。じぶんの名前を英語にするとボーイとか、ボーイチャイルドってことになるんだ、といったので、街のみんなはあの人のことをボーイベイビーって呼ぶようになったんだ。

あの人のむかしのことは聞かなかった。どっちにしてもおなじことさ、どうってことないよ、俺の故郷の人間には、過去も未来もおんなじことだって、あの人はそういってた。でも真実って、奇妙なことに人のあとから追いかけてきて、追いついて、いやでも人の耳のなかに、その中身を吹きこんでしまうものなんだ。

夜だった。ボーイベイビーがあたしの髪をとかしながら、あの人の不思議なことばで話しかける。あたしがそれを聞くのが好きだから。あたしはあの人の口から聞きたい。チャックでいるってのはどんな感じ？　太陽の民族のチャック、神殿のチャックだってのは、どういうことなの？　すると、あの人のことばが、こわれた陶器のかけらみたいな音に聞こえたり、なかが空洞の棒みたいな音や、古くてぼろぼろになった羽がひゅうっと埃のなかに飛び散るような音に聞こえるんだ。

あの人は「エスパルサ＆サンズ自動車修理工場」の裏手の、ちいさな部屋に住んでいた。むかしは物置だったところ。細長いちいさな窓にピンクのビニールのカーテンがかかっていた。新聞紙でおおってある汚れた簡易ベッド。ソックスや錆ついた道具類が入ったダンボール箱。エスパルサのガレージの裏手にある、ピンクのカーテンのかかった狭い部屋の裸電球の下で、あの人はあたしに銃を見せた。ぜんぶで二四丁あった。ライフルとピストルが何丁かあって、錆の浮いたマスケット銃が一丁と、マシンガンも一丁あった。それから、握りのところが螺鈿細工になってる小型の武器がいくつかあったけれど、みんなオモチャみたいに見えた。これで俺がだれだかわかったろ、とあの人はいって、新聞紙のかかったベッドの上にそれをぜんぶ並べた。これで、みんなもわかったでしょ。でも、あたしは知りたくなかった。

星を見れば、どんなことでもわかるんだぜ、とあの人はいった。あたしの生まれも。あたしの息子の生まれだってわかるって。ボーイチャイルドは、あたしたちの民族の偉大さを、矢をへし折ったやつらの手から、先祖の建てた遺跡の石を根こそぎ崩したやつらから、甦らせてくれるんだ。

それからあの人は、何年か前に「呪術師の神殿」でどうやって祈りをあげたか、話してくれた。まだ子どものころのことで、父さんがあの人に、むかしのやり方を呼びもどすって約束させた。ボーイベイビーが神殿の闇のなかで泣き叫んでいると、コウモリが前よりもっと神々しくて恐ろしい感じになった。埃だらけのすごい銃にかこまれた大人で子どものボーイベイビーは、新聞紙のベッドの上に横になって、千年ものあいだ泣いていたんだ。あたしが手でふれると、あの人は石のような悲しい目であたしを見つめた。

俺がこれからすることは、だれにもいっちゃだめだぞ、とあの人はいった。そのあと起きたことで、あたしが覚えているのは、月が、片方の目のような、黄色くて青い月が、ティカルの、トゥルムの、チチェンの月が、ピンクのビニールのカーテンのすきまからじっと見ていたこと。それから、からだのなかでなにかがあたしを咬んだ。だからあたしは大声で叫んだ。まるで、もうひとりのあたしが、もうそれまでのあたしじゃないだれかが、跳びだしてきたみたいに。

こうして、あたしは古代の空の下で、偉大で強い力を受け継いだ人……チャック・ウシュマル・パロキンと初めての経験をした。あたしは、イシュチェル、彼の女王よ。

＊

本当は、そんな大げさなことじゃなかった。たいしたことじゃなかった。あたしは血のついたパンティをTシャツの内側に押しこんで、じぶんを抱き締めるようにして、走って家に帰った。家に帰る途中でいろんなことを考えた。世界のことをまるごとぜんぶ考えてた。こんなふうにいきなりじぶんが歴史上の人になるなんて、そう思うと、通りの人たちはみんな気がつかないのかな、ミシンを踏んでる女の人も、パン屋《パナデリア》の売り子も、子どもをふたり連れてバス停のベンチに座ってる女の人も、だれも気がつかないのかなと思った。あたし、いつもとちがって見える？　あの人たちにわかるかな？　あたしたち、どっちにしたって、みんなおなじ。手で口をおおって笑ったり、女はみんなそうするように待っていたり、それから、なんだそうか、とやっとわかる。なんでこんなに長いあいだ大騒ぎしてきたんだろう、どうってことないじゃないの。

知ってる、あたしは恥ずかしいと思うことになってたんだ、でもあたしは恥ずかしくなんかなかった。いちばん高いビルの屋上の、いちばん高いところに立って、大声で叫びたかった——あたし、知ってるんだ。

こうして、なぞがとけた。おばあちゃん《アブエリータ》が、どうして兄弟のいっぱいいるルーデスの家には泊まっちゃいけないっていうのか、どうして映画のなかでローマ人の少女がいつも兵士から逃げまわるのか、恋愛ドラマでぼかしが入るとき見えないところでなにが起きてるのか、花嫁がなぜ顔を赤らめるのか、それから、セックスっていうのは、学校であたしたちが受ける試験で、F（女）とかM（男）とかチェックする、ただの升目じゃないってことも。

あたしは賢くなったんだ。街角の女の子たちは石蹴り遊びなんてアホらしいちいさな四角をめざして、まだ跳んだりはねたりしてる。あたしは心のなかでこっそりと、でも大声で笑って、木の階段を二段とびでのぼって、二階の裏手の部屋まで、あたしとおばあちゃんとラロおじさんが住んでるところへ帰っていった。ドアを開けたとき、あたしはまだ笑っていた。すると「手押し車はどうしたの？」とおばあちゃんがきいたのだ。

あたしは、そのとき、どうしていいのかわからなかった。

＊

あたしたちが環境の悪い場所に住んでるのはつごうがいい。いつだって、罪をなすりつける相手にできそうなやつが、わんさといるから。たとえ、あたしがいったような成り行きじゃなかったとしても、そういうことも現実にはありえたから。手押し車を盗んだガキはいないかと、あたしたちはあちこち探しまわった。あたしの作り話はあまりできがよくなかった。でも、きちんとつじつまを合わせて話をしなくちゃと思ってあたしが話してるあいだ、おばあちゃん《アブエリータ》は、あたしの心を見抜こうと穴があくほどじっと見つめていた。そんなふうに見つめられるのは、そんなに悪い気分じゃなかった。

二週間のあいだ家にいなくちゃならなかった。通りにいると、手押し車を盗んだガキどもが、またあたしにつきまとうんじゃないかと、おばあちゃんが心配したから。だからあたしは、エスパルサのガレージに行って、手押し車を引っ張りだして、どっか路地に置いてきたほうがいいかもと思った。そうすれば警察が見つけることになる。でも、ひとりでは家から出してもらえなかった。じわじわと真実がにじみでてきた。危険なガソリンみたいに。

最初にコインランドリーの上階に住んでる口うるさい女が、おばあちゃんに告げ口した。なんだかおかしいよ。手押し車は、毎週土曜に暗くなってから「エスパルサ&サンズ」に入ってったそうだよ。いつもおなじ男がひとり、色の黒いインディアンが、だれとも口をきかないやつだそうだけど、そいつがあの子といっしょに歩いてたって。陽が沈むと車を押して、ガレージに入っていったって。ほら、あそこのあれかい？　そう、といってあたしたちはなかに入った。そこにいるコンチャという、髪を真っ黒に染めた太った女が、太い指で指差した。

ボーイベイビーに逢いませんように、とあたしは祈った。お祈りが神さまにとどいたのか、神さまってみんな善良なのか、エスパルサが、ああ、その男ならここに住んでたけど、出てっちまったよ、といった。そそくさと荷造りをするなり、最後の週の部屋代の代わりにって、手押し車をそこに置いていった。

手押し車を返してもらうために、二〇ドルも払わなければならなかった。それからおばあちゃんに、どうして手押し車がなくなったのか、本当のことをいいなさいといわれて、しかたなく本当のことをいった。今度はありのままをいった。あの夜のことだけはべつだったけど。でも、どっちにしても、そのこともいわなければならなくなった。何週間かたってから、毎月やってくるものが、どんなにお祈りをしても、もどってこなくなったから。

＊

あたしが赤ん坊《ダル・ア・ルス》を産むことになるってばれたとき、おばあちゃんは泣いて泣いて目がちいさくなってしまった。そしてラロおじさんを責めた。ラロおじさんはこの国が悪いんだといい、おばあちゃんは男たちが汚いんだといった。おばあちゃんがキュウリ売りの手押し車を燃やしてしまい、あたしに恥知らず《シンベルグエンサ》といったのは、そのときだ。あたしがぜんぜん恥ずかしいと思ってなかったから。

それから、あたしも泣いた……ボーイベイビーがいなくなっちゃった……頭がカーッと痛くなるまで泣いて、眠ってしまった。目がさめると、キュウリ売りの手押し車が灰になっていて、おばあちゃん《アブエリータ》があたしの頭に聖水をふりかけてた。

おばあちゃんは毎日、朝早く起きて、エスパルサのガレージに出かけていった。悪魔《デモニオ》が見つかったってニュースがあるかどうか、チャック・ウシュマル・パロキンから手紙かなんかきてないか、と聞きにいった。するとその名前を聞いた修理工たちが、大笑いしながら、あたしたちが仲直りしたのかってきいた。ボーイベイビーのやつ、ひどく急いで出てったからなあ、あいにく次の住所もなんにも残していかなかったぜ。だから、あいつ宛てにきた手紙はもってってもいいんじゃないか、ということになった。

手紙は三通あった。最初のは「居住者宛て」と書かれた請求書で、四か月分の電気代をすぐに払うように書いてあった。二通目は茶色のぶ厚い封筒で、それがなんだかすぐにわかった。あたしたちのところにもそれとおんなじものが送られてきてたから。ケーキミックスのクーポン券と洗濯物の柔軟剤のサンプルだ。三通目の封筒には、セニョール・C・クルスさま、とスペイン語のにょろにょろ記号が見えた。すごく薄い紙の上に書いてあったから、封を開けなくても、陽の光で透かせばなかまで読めそうだった。差出人はタンピコの修道会。

その修道会へおばあちゃんは手紙を出した。その男を探しだして、めちゃくちゃになったあたしの人生をなんとかさせたいと思ったんだ。手紙に、どなたか親切な修道女さまが、ボーイベイビーという人間がどの辺にいるかご存じないでしょうか……神さまの目はすべての人の魂をお見通しなのですから、その人をかくまってもなんにもなりません、とおばあちゃんは書いて送った。

長いあいだ、手がかりはなにもなかった。あたしのお腹のまわりで制服がぴちぴちになると、おばあちゃんはあたしに学校を休ませた。そして、ほかの八年生といっしょに卒業できなくなるなんて恥ずかしい、といった。

ルーデスとレイチェル、それに、おばあちゃんとラロおじさんのほかは、だれもあたしに起きたことを知らなかった。それまでとおなじように、あたしはおばあちゃんといっしょに大きなベッドで寝ていた。台所でおばあちゃんとラロおじさんが低い声で話しているのが聞こえた。

まるでロザリオのお祈りをしているみたいだ。どうやってあたしをメキシコに、サン・ディオニシオ・デ・トラルテパンゴに送るか、相談していたんだ。あそこにいけば、あの子のいとこがいる。あそこは、あの子が母親のお腹にできたところだし。あの子の母親のお腹がなぜ急に大きくなったか、みんなが取り沙汰しないようにと思って、この合州国に送りだしたのに。そうしてなかったら、あの子は、あのサン・ディオニシオ・デ・トラルテパンゴで生まれていたはずだったんだ。

あたしは幸せだった。家にいるほうが好きだった。おばあちゃんは、メキシコにいたとき覚えたかぎ針編みのやり方を教えてくれた。ちょうど手のこんだ複雑なロゼット編みのやり方を覚えたとき、修道院から手紙がきた。そこにはボーイベイビーの本当のことが書いてあった……知らなければよかったと、どんなにあたしたちは思ったことか。

＊

あの人はミセリアという町の、名もない通りで生まれた。父親のエウセビオは、包丁研ぎ屋。母親のレフヒアは、市場で、布の上にあんずをピラミッドみたいに積みあげて売っている。兄弟はいる。姉妹もいるけれど、よくわからない。いちばん年下のカルメリーテがわたしに手紙をくれて、あたしの魂のために祈ってくれるというので、これはみんな本当のことなんだと思う。

　ボーイベイビーは三三歳だった。名前はチャト。太った顔という意味だ。マヤ人の血なんか引いてなかった。

＊

　女の子でいるってのがどういうことか、みんな全然わかってないんだ。一生待っていなければいけないのがどういうことか、みんなまるでわかってない。赤ん坊が生まれてくるまであと何か月、とあたしは数える。まるでこの体のなかで水が輪になってくるくるまわってるみたい。その輪が外に出よう、外に出ようとして、きっと、ある日じぶんの歯で咬みちぎって、あたしからめりめりって分かれていくんだ。

　もう、あたしのなかに生き物がいるのが感じでわかる。じぶん勝手な不規則な眠りのなかで動きまわってる。占い師は、赤ん坊がそんなふうに眠るのはイタチの夢のせいだといって、司祭さんが清めた白パンをあたしに食べさせる。でもそれは、あたしに取り憑いたあの人の霊が、あたしのなかでぐるぐるまわって、眠らせてくれないからだ。あたしにはわかってる。

＊

おばあちゃん《アブエリータ》は、あたしをここへ送っておいてよかった、危ないところだった、といった。すぐあとにボーイベイビーがもどってきて、あたしを探しに家までやってきたのだ。おばあちゃんは箒であの人を追い払わなくちゃならなかった。あの人のことで、次にあたしたちが耳にしたニュースは、あの妹から送られてきた新聞の切り抜きだった。写真のなかのあの人の顔は石のように無表情。逮捕されて警官に両腕をつかまれていた……ラス・グルタス・デ・シュタクンビルシュナへ向かう道路わきの洞窟のなかに隠されていた少女が……一一人の少女の遺体が……最年少は七歳で……

とてもそれ以上は読めなかった。ただ、ちいさな白黒の点が集まって顔のかたちになってるところを、あたしが恋してるその顔を、じっと見ていた。

＊

ここでは、女のいとこはだれもあたしに話しかけてこない。話しかけてきても、そんなことをきくのはまだ早すぎるから、きいちゃいけないとわかってるようなことを質問する。あの子たちが本当に知りたがってるのは、男がいるってどういう感じかってこと。だって結婚している姉さんたちには、そんなこと、恥ずかしくてとてもきけないから。

男が深い寝息をたてはじめるまで、じっとそばに横たわってるのがどんな感じか、あの子たちは知らない。ほの暗いなかで目をこらして、気がねなんか全然しないで、男の体格や首筋や、太くてたくましい手首やあごを、じっと見てるのがどんな感じか。塩からい汗のしずくや、肌のくぼみや、硬いまゆ毛や、鼻につんとくるもみあげの渦巻き、そして、厚ぼったい耳たぶはなめると煙草の味がすることも。そうやって、男ってなんて完璧なんだろうと思いながら、じっと見ているのがどんな感じか、あの子たちは知らない。

「わるい冗談よ。わかったら後悔することになるんだから」とあたしはいう。

*

あたしは子どもを五人もとう。五人。女の子がふたり。男の子がふたり。それに赤ん坊がひとり。

女の子は、リセットにマリッツァと呼ぶことにしよう。男の子には、パブロにサンドロって名前をつけよう。

そして赤ん坊。あたしの赤ん坊の名は陽気なって意味のアレグレにするんだ。だって人生はこれからもずっと、きつそうだから。

＊

レイチェルは、愛って大きな黒いピアノみたいだねという。三階建てのビルの最上階まで運びあげたピアノを、いちばん下の階で受けとめようと待ちかまえてるようなもんだって。でもルーデスは、そんなんじゃないよという。それは頂点《トップ》で、世界中の色という色がぜんぶくるくるまわって、あんまり速くまわるもんだから何色かわからなくなって、色のないブーンという音がするだけ、そんな感じだよという。

そういえば、こんな男がいたっけ。あたしたちがサウス・ルーミスに住んでたころ、真上の部屋に住んでた、ちょっと頭のいかれた人だった。その人は話をすることができなくて、手に持ったハーモニカを口にあてて、一日中ただ歩きまわってた。ハーモニカを吹いてるわけじゃなかった。それを使って、そう、息をしてたんだ。一日中ゼイゼイ息をしながら、吸っては吐いて、吸っては吐いてた。

それって、あたしの場合みたい。愛のことだけど。

あたしのトカヤ

この女の子、知ってる？　新聞で見てるはずよ。見てなくても、ノガリトス通りの「父《ファーザー》・と息子《アンド・サン》のタコ・パレス第二店」で何度か見てるはず。パトリシア・ベルナデッテ・ベナビデス、あたしのトカヤ、身長は一五二センチ、体重が五二キロで、一三歳。

あたしたちは友だちとか、そういうのじゃなかった。もちろん話はしたけど。でもそれは、あの子がいちど死んで、また生き返ってくる前のこと。たぶん、その事件のことは新聞で読んだり、あの子の顔をテレビで見たりしたでしょ。ニュースをやってるチャンネルにはぜんぶ出てたから。あの子を知ってる人が、かたっぱしからインタビューされてた。体育の先生まで。その先生ったら、気のきいたことをいわなくちゃならなかったみたいで……活発な子でしたよ。態度もよかったし、やさしい子でした、なんていっちゃって。そりゃ、やさしい子だったでしょうよ。あんなフリークな子にしちゃね。いまとなっちゃ、なんであたしにだれかきいてくれなかったんだろって思うよ。

パトリシア・ベナビデス。「父と息子のタコ・パレス第二店」の「息子」の身代わり。息子がどっか行っちゃう前からそうだったけどね。まあ、そういうわけでこのトリッシュが、放課後と週末になると、紙の帽子と白いエプロンを引き受けることになった。うんざりしながらちょっと悲しそうな顔で、高いカウンターのなかに入ってた。お客さんは、馬みたいに立ちん坊のまま食べてた。

たとえ父親がつらくあたったからって、それだけじゃあの子がかわいそうだなんて、あたしには思えなかった。それに、父親のせいだなんてだれがいえる？　ラインストーンのイヤリングつけて、ケバいハイヒールはいて学校にくるような女の子は、どっちみち面倒なことに巻き込まれていくんだから、だれも手に負えなくなるんだから……神さまだって、矯正施設だって無理だよ。

あの子はどっかで飛び級したんだと思う。だからここに馴染まないうちにハイスクールに入ってきちゃった。そう、ああいうタイプの子はいつだって、まわりに合わせようとしてやりすぎるんだ。このトカヤが……あたしとおなじ名前の子がいい例よ、でしょ？　えっ？　その子、じぶんのことをラ・パティとかパティーとか、もっとふつうの名前で呼ばないのかって？　それが、呼ばないんだよ。ちょっとちがうってとこ、見せたかったみたい。じぶんの名前は「トリッシュ」だなんていってさ。わざわざ英語ふうのアクセントもじぶんでつけちゃって。はっとするような、ブリティッシュ・マリリン・モンローみたいな、セクシーな感じにして。ほんとにバカな子。イギリス風のアクセントで話すメキシコ人なんて、きいたことある？　あたしのいってる意味、わかるかな？　要するに、あの子には問題があったんだよ。

それでも、もしもだれかが、あの子がひとりでいるところを見かけたら「パートリーシアー」って声をかけて……あたしはいつもかならずスペイン語でいってたけど……「パートリーシアー、くっだらないことばかりやってないで、まじめにやんなよね」っていってやったら、まわりに聞いてる人がいないところであの子をつかまえて、そういってやったら、たぶんあの子は、だいじょうぶだったんだと思う。

そんなふうにあの子のことをなんとかがまんしたのは知りあったころで、あの子が逃げだすほんの少し前だった。あのタコス店に一生縛りつけられるのから、あの子は逃げだした。カリカリのタコスの匂いをぷんぷんさせて家に帰るのにうんざりしたんだ。無理もないわ。あたしだって、カリカリのタコスの匂いをぷんぷんさせてるなんて、ごめんだもん。

あの子がなにをがまんしなきゃならなかったかなんて、だれも知らない。父親があの子を殴ってたかもしれない。兄貴のほうを殴ってたのは、あたしも知ってる。それとも、兄貴のほうも少し殴り返したのかな。殴り合いのけんかになって、あげくの果てにそういうことになってしまったのかも……息子が車にのって家から出ていってしまったんだ。永久に。たぶん、息子もタコスの匂いにうんざりしてたのかもしれない。それがあたしの考え。

兄貴が家を出てから二、三週間ほどたって、あたしのこのトカヤの顔写真が、牛乳パックに描かれた子どもの顔みたいに、新聞という新聞に載ることになった。

この少女に心あたりの方はいませんか?

パトリシア・ベルナデッテ・ベナビデス（一三歳）が、一一月一一日火曜日から行方不明。家族は大変心配している。「悲しみの聖母《レディ・オブ・ソロウ》女子ハイスクール」に在籍するこの少女は家出したと思われ、登校する姿をドロローサ通りとソレダード通り付近で見かけたのを最後に消息を断った。パトリシアは、身長一五二センチ、体重五二キロ。行方不明になったときの服装は、白いブラウスとジーンジャケット、それに制服のブルーの格子縞スカートにハイヒール（たぶんケバい色のだ）をはいている。母親のデルフィナ・ベナビデスさんは、「母さんに電話して、愛しているよ《イ・テ・キエロ・ムーチョ》」といっている。

たいした人たち。

ベナビデスが姿を消して、あたしがどんな心配をしたかって? 心配なんかしないわよ。兄弟校の「聖十字架《ホーリー・クロス》ハイスクール」のマックス・ルカス・ルナのことはべつだけど。その学校とはときどき生徒交流ってのをやっていた。中身は「じらし」みたいなもんだった。あたしたちはそれを「セックスのネタでラップをかます会《セックス・ラップ・クラップ》」って呼んでたけど、シスターたちだけが青少年交流会とかなんとかちょっとちがった呼び方をしていた。神学の勉強のためにホーリー・クロス・ハイスクールから男子生徒を何人かこっちの学校に招いたり、こっちのソロウ・ハイスクール校から女子生徒が何人かあっちに行くって感じで。あたしたちは「現代の若い女性にとっての役割モデルとしての聖女マリア」なんてテーマに（ウヘッ！）本気で興味をもってるふりをして、「ペッティング、そのやりすぎ、早すぎ、手遅れについて」とか「ヘビーメタルとデビル」なんてかましてた。

毎日じゃなかった。まあ、ちょっとした経験のためにときどきやるって感じかな。カトリック系の学校は、男子生徒と女子生徒をあまりいっしょにしておくと、ろくなことにならないと心配していたから。ホルモンの問題なんです、とシスター・ビルジネッラはいった。お客さまがきたとき、きちんと若いレディとしてふる舞うことができないなら、次回の「青少年交流会」は無期延期にしなければなりませんからね。これから先もずっと、口笛を吹いたり、先を競って順番を奪い合ったり、足を踏み鳴らしたりしては絶対にいけません、わかりましたかあ!?

あたしが知ってるのは、たぶん彼って一二歳のころからちいさなヒップをしてて、そのまんまずっとおなじ大きさかもってことだけ。細いウェストに細い腰、それをピチッとしたパンツに包んで、ハーシーのチョコバーみたいにスウィイート。ウウッ！　それが、あたしの覚えてること。

そのうちわかったのは、マックス・ルカス・ルナ・ルナがあのフリークの隣に住んでることだ。どういう成り行きかっていうと、つまり、それまでパトリシア・ベナビデスとは「一般商業課程」でおなじクラスにいたんだけど、わざわざあたしから話しかけたことなんてなかった。ところがある日、カフェテリアで、フレンチフライのできるのを待っていると、あの子が近づいてきてこういった。

「ねえ、トカヤ、あんたに熱をあげている子、あたし知ってるんだ」

「へえ、ホント」といって、あたしは無視しようとした。チャラいやつと話してるの、だれかに見られたくなかったから。

「ホーリー・クロスのルナって男の子、知ってるでしょ？　神学の交流会のときに来てた子よ。ポニーテイルのかわいい子」

「それが？」

「うん、あの子とあたしの兄貴のラルフィーは親友でさ、それで、ラルフィーにあの子がいったんだって。絶対だれにもいうなよ。でもさ、パトリシア・チャベスってすごくいいじゃんって」

「うそばっか」

「ほんとだってば。信じないんなら、兄貴のラルフィーに電話してみたら」

ウヒャッ！　それでもう十分。それ以来、あたしはトリッシュ・ベナビデスの最高の友だちになったってわけ。本当だって。それからというもの、あたしはかならず、「一般商業課程」

のクラスに早めに行くようにした。いつも、あの子のほうからなにかしら伝言があった。そうじゃないときは、あたしのほうからマックス・ルカス・ルナ・ルナに伝えてもらうことを彼女に頼んだ。でも、あの子はなにをやるにも、じれったいほどゆっくりだったし、あたしたちが話題にするようなネタもこれといってなかったのもじれったかった。

こんなふうに、このパトリシア・ベルナデッテは、しばらく、あたしたちの「ラブラブ」メッセンジャーだった。でも、あたしとマックス・ルカス・ルナ・ルナは、あなたが好きです／あたしのこと好きですか、なんていい合ってる段階から先へは進まなかった。あの「ラップ・クラップ」からあとは、それほど顔を合わせるチャンスもなかった。でも、あたしはなんとか逢えるといいなと思ってたんだ。

ふたりの家がモンテビスタ地区のどこかにあるのは知っていた。それで、あたしは自転車に乗って、マグノリア通り、マルベリー通り、ウィーサーチ通り、ミスルトー通りと走っていった。あたし、あがってるかな、冷静かなって考えながら。ただ、もしもマックス・ルカス・ルナ・ルナがいきなりあらわれたら、絶対に舞いあがっちゃうのはわかってた。

あたしが「父と息子のタコ・パレス第二店」に立ち寄りはじめる週が、ぴったりあの子がドロンすると決めるときで、最初にまずシスター・ビルジネッラの家のインターフォンから「まことに残念なことに、わが校の最年少の学生が家からいなくなったことをお知らせしなければなりません。その生徒が無事に帰ってくるまで、いつも心のなかでその子のことを思い、お祈りするようにしましょう」という声が流れる。それって、シスターがあの子の写真を、いまにも泣きそうなママの伝言といっしょに新聞に載せたときのとおなじやつだ。

あの子はこんなにきれいさっぱりと消えてしまったけど、あたしはべつに悲しくもうれしくもなかった。それはホント。でも、それで、あの子はあたしに借りをつくった。学校で話していたことをぜんぶほったらかして、家出なんかしたんだから。そのころは、まだ彼女が約束通り、あたしとマックス・ルカス・ルナ・ルナの仲をとりもってくれるかもと思っていたから。でもあたしが、あの子の名前を、吐き捨てるようにじゃなくて、ふつうにいえるようになったとき、あの子は死んでしまう。排水溝で遊んでいた子どもたちが死体を見つける。そう、それがあの子だ。テレビカメラがあたしたちの学校へやってくると、もう、泣くやらわめくやらの大騒ぎで、盛りあがるのなんのって。あの子のことなんか知らなかった人たちまで泣いてる。シラけるったらないよ。

それでも、あたしは、あの子が死んでしまったなんて、やっぱりちょっとたまらなかった。だってそうでしょ? 頭にきてたのがおさまったあとだったし。でも、それも三日後に、あの子が生き返ってくるまでの話だけど。

あの子のママが、目にくしゃくしゃのハンカチをあてて泣きじゃくってるところや、「あの子はわたしのちっちゃなプリンセスだった」なんて、あのパパがいうのをカメラが撮影したあと、生徒会が「パードレ島遠足基金」からお金を出して、スペイン語で「聖母マリアさま、この子をお守りください」と書いた旗《バナー》をつけた、白いグラジオラスの花束を買って、学校中があの子を弔うための大ミサに参列することになってから、なんと、あたしのトカヤは、あの子にしちゃ上出来のことをやった。繁華街の警察署にあらわれて、「あたし、死んでないよ」といったのだ。

信じられる？ 両親は死体置場で、死体があの子のだって、持ち物とかもぜんぶ確認したのに、だよ。「もうパニック状態になってたもんで、死体をちゃんと確認できなかったようです」だってさ。はっ！

あたしはマックス・ルカス・ルナ・ルナに逢えるようにはならなかった。もう知らない。でしょ？ わたしがいってるのは、あの子はちゃんと死ぬこともできなかったってこと。なのに、いまや有名人だ。いったいだれの顔が、サンアントニオ・ライトや、サンアントニオ・エクスプレスや、サウスサイド・リポーターなんて新聞の第一面に載ってるわけ？ もう、やってらんないよ。

Ⅲ　男がいて女がいた

あたしは死にそうなのに
おまえは、まるで痛くも痒くもないみたいに……
——「刺し傷《プニャラダ・トラペラ》」
歌／ローラ・ベルトラン
（作／トマス・メンデス・ソーサ）

女が叫ぶクリーク

花嫁の父ドン・セラフィンが、フアン・ペドロ・マルティネス・サンチェスに娘のクレオフィラス・エンリケタ・デレオン・エルナンデスを嫁にやろうといった日、父親にはすでに予感があった。この家の戸口をまたいで、未舗装の道を何キロか走り、舗装された道も何キロか走り、国境を越えて、向こう側――エン・エル・オトロ・ラド――の町へ移っていっても、そのうちある朝、娘が額に手をかざしながら南の方角を見つめて、帰りたいなあ、と思う日がくるという予感が。毎日が決まりきった終わりのない家事でもいい、ろくでなしの六人の兄たちでもいい、文句ばかりいってる父親でもいい、あそこへ帰りたいと思う朝がやってくる予感があったのだ。

ガヤガヤと騒がしく別れのあいさつを交わしながら、父はやっとのことで娘にいった。俺はおまえの父親だ。おまえを絶対に見捨てたりしないからな。娘を抱き締めて、その胸から放してやりながら、たしかに父はそういった。でも、そのときのクレオフィラスは、チェラを探すことで頭がいっぱいだった。花嫁の付添役をしてくれたチェラに、花束を受け取れるように投げてあげるとこっそり約束していたから。だから、別れぎわに父がいった、俺はおまえの父親だ、おまえを絶対に見捨てたりはしないからな、ということばを思いだしたのは、ずっとあとになってからだった。

母親になったいま、息子のファン・ペドリートといっしょに、こうしてクリークのほとりに腰をおろしているいま、クレオフィラスはようやくそのことを思いだしていた。男と女は、どんなに愛しあっていても、愛がこわれてしまうこともあるけれど、でも、親がわが子を愛する気持ちはちがう。親が子どもを思う気持ちはそれとは全然べつのものだわ。

ファン・ペドロが家に帰ってこない夜、クレオフィラスはそんなことを考えていた。ベッドの片側に横になって耳を澄ませると、虚ろに響くインターステイト・ハイウェイの轟音や、遠くで吠える犬の声や、ピーカンの木の葉の擦れあう音がごわごわのペチコートを着た女の人の衣擦れみたいにシュッシュッシュッ、シュッシュッシュッと聞こえてきて、なだめられるように眠りに落ちた。

*

クレオフィラスが育った町には、これといってすることがなかった。おばさんや名親《ゴッドマザー》といっしょにだれかの家にカード遊びをしにいくか、映画館まで歩いていって、今週やってる映画をもう一度観るか、それもチラチラするスクリーンに毛が一本震えていたりするのを見ていらいらするんだけれど、さもなければ町の中央まで足をのばして、ミルクシェイクを注文する、まあそんなところだった。でも一日半ほどで、ミルクシェイクは吹出物に変身してお尻に姿をあらわす。あとは、女友だちの家に行って、このあいだ放送されたばかりのテレノベラを一回分だけ観て、そこに登場する女たちのヘアスタイルや化粧の仕方をそっくり真似てみるとか、そんなことしかすることがなかった。

でもクレオフィラスが待っていたのは、そっとささやいたり、ため息をついたり、くすくす笑ったりしながら思っていたのは、お店のショーウィンドウにもたれて、そこに飾ってある紗と蝶々とレースにうっとり見惚れる年ごろになってからずっと心をときめかせて待ち焦がれてきたのは、情熱だった。でも、いい？ それはセンセーショナルな写真の載った「アラルマ」なんてゴシップ雑誌のカバーみたいなのとはちがうの。恋する女が、じぶんの評判を救いだすために使った、血だらけのフォークといっしょに写ってる、なんてのじゃなくて、最高に混じり気のない、水晶のようにピュアな情熱。本や、歌や、ドラマチックなテレノベラに出てくる情熱のことで、どんなことをしてでも、どんな代償を払ってでも、生涯かけて、最後には見つけだす大いなる愛、そういう愛のことだった。

トゥ・オ・ナディエ。「あなたでなければ」っていうのが、いま、いちばん人気のテレノベラのタイトルだった。美貌のルシア・メンデスは、別離や裏切りや、どんな心の苦しみにも耐えていかなくちゃならない。たとえどんなことがあっても、最後まで愛し抜いていくの。だって、それが、いちばん大切なことだから。ねえねえ、ルシア・メンデスがバイエル社のアスピリンのコマーシャルに出てるの見た？　すてきよね？　彼女、髪、染めてるのかな？　クレオフィラスは薬局《ファルマシア》に行ってヘアリンスを買うことにする。友だちのチェラがやってくれるはず……それほどむずかしいことじゃない。

昨夜放送された回を観なかったからだよ。ルシアが、どんな人よりも彼のことを愛しているって打ち明けたんだから。一生、どんな人よりもって！　そういって、ショーの最初と最後のところで、「あなたでなければ」を歌うの。トゥ・オ・ナディエ。とにかく人は、そんなふうに人生を生きるべきだよね。そう思わない？　あなたでなければ、よ。だって、愛のために苦しむのはすばらしいことなんだから。苦しみってどういうわけかすごく甘美だし。最後にはね。

＊

セギン。音の感じが彼女は好きだった。ずっと遠くのすてきなところ。コアウイラ州のモンクロバなんて、さえない音とはちがう。テハス州セギン。すごく立派な響き。ちゃりん、お金がたてる音。テレノベラに出てくる女の人みたいな衣装を着ることになるんだ。ルシア・メンデスみたいに。それにきれいな家もあって、チェラったらやっかむだろうな。

それに、そう、わざわざラレードまで車で行って、ウェディングドレスを買うの。そういってたもの。ファン・ペドロがすぐに結婚したがってるからって。長い婚約期間はなし。だって彼がそんなに長いあいだ仕事を離れられないからって。彼、セギンじゃ重要なポストについてるのよ。仕事は……ええと、ええと……ビール会社、だと思う。タイヤ会社だったかな？　そう、彼は帰らなくちゃならない。だから、春に結婚しようって、それなら休みがとれるから、それで彼の新しいピックアップ……もう見た？……に乗って、セギンの新しい家まで行くことになってる。家はまあ新築ってわけじゃないけど、ペンキを塗り替えるからいいわ。新婚なんだから。ペンキで新築みたいにして、家具も新しいのにしなきゃ。だいじょうぶ。彼なら買えるわよ。それにあとから、たぶん、子ども部屋をひとつかふたつ建て増しすることになるかもしれない。たくさんの子どもに恵まれますように。

ねえ、そういえば。クレオフィラスって、前からミシンがとっても上手だったよね。ちっちゃなルルル、ルルル、ルルルって音がすると、パッ！　ほらできあがり。魔法みたい。とっても賢い子だったよ、あの娘は。でもかわいそうに。結婚初夜のこととか、あれこれいってくれるママがいないんだ。どうかあの娘に、神さまのご加護がありますように。ロバなみに頭の固い父親と、気のきかない兄弟が六人じゃ。ねえ、あんた、どう思ってるの！　あら、あたし？

結婚式には行くわよ。もちろん！　着たいと思ってるドレスはほんのちょっと手直しすれば、最新流行ふうになるし。見て、昨日の夜、あたしにぴったりの新しいスタイルを見つけたんだ。昨夜のテレビ、観なかった？「お金持ちもやっぱり泣くの？」だけど。ねえ、あの母親が着てたドレス、気がついた？

＊

ラ・グリトーナ、叫ぶ女。こんなきれいな小川《アロヨ》に、こんな変な名前がついてるなんて。でも、家の裏手を流れるクリークはみんなからそう呼ばれていた。叫んだ女が怒っていたのか苦しんでいたのか、だれも知らなかった。ずっと前からそこに住んでた人たちだけが、サンアントニオに行くときとそこから帰ってくるときに渡る小川が「叫ぶ女」と呼ばれていることを知っていた。この辺の人はべつに不思議にも思わなかったし、どんな意味かなんて知ってるわけがない。さあ《プエス》、インディアンたちの話からきてんじゃないの、知らない《キエン・サベ》けど、といって町の人は肩をすくめる。だって、ちょろちょろ流れるこの川に、どうしてそんな変な名前がついたかなんて、じぶんたちの暮らしにはぜんぜん関係なかったからだ。

「なんでまたそんなこと知りたいのさ？」コインランドリーの管理人トリニは、いつものぶっきらぼうなスペイン語でいった。両替したコインをクレオフィラスに手渡すときや、怒鳴るときはいつだって、そんなスペイン語だ。それじゃ洗濯機に石けんを入れすぎ、からはじまって、洗濯機の上に座っちゃダメだよ。あとになって、ファン・ペドリートが生まれてからは、この国じゃおむつをしないで赤ん坊を歩きまわらせたりしちゃダメなんだよ、そんなこともわからないのかい、オシッコを垂れ流しにさせといちゃダメなんだって、わかった?《エンティエンデス》まったく《プエス》、とくる。

こんな女に、クレオフィラスが「叫ぶ女」って名前がすごくすてきだと思ってるなんて、どうやって説明できるだろう。トリニに話したってしょうがなかった。

そういえば近所にレディたちが住んでいたんだ。小川《アロヨ》の近くに借りてる家の両隣にひとりずつ。左側にはソレダードが、右側にはドロレスが。

お隣さんのソレダードは未亡人と呼ばれたがった。でも、どうして独りになったかは謎だ。夫は死んでしまったのか、アイスハウスって呼ばれる居酒屋の性悪女と逃げたのか、それともただ昼下がりにちょっと煙草を買いに出たまま帰らなかったのか。いったいどれなのかはっきりしないのは、ソレダードが夫のことは話さないと決めているからだ。

もう一軒の家のほうに住んでるラ・セニョーラ・ドロレスは、親切でとても優しいけれど、いつも祭壇にロウソクの火を灯して香を焚いているので、家中その匂いでぷんぷんしてる。そうやってこの前の戦争で戦死したふたりの息子と、そのことで悲嘆にくれてあとを追うように死んでしまった夫を弔っているんだ。お隣さんのレディ・ドロレスは息子や夫の思い出と、庭作りにせいを出して生きていた。その庭のひまわりは有名で、すごく背が高くなるから箒の柄や古い板なんかで支えてやらなければならない。真っ赤なケイトウは縁がふさふさして色がすごく濃くて、経血の色みたい。もっとすごいのがバラ。その哀し気な薫りを嗅ぐとクレオフィラスは死んだ人のことを思いだした。日曜になるといつもラ・セニョーラ・ドロレスは、庭の花のなかからいちばん見事に咲いているのをハサミで切って、セギンの市営墓地にある三つの質素な墓石に供えた。

ひょっとしたらお隣のソレダードとドロレスは、小川《アロヨ》が英語で呼ばれるようになる前はなんて名だったか、知っていたのかもしれない。むかしは。でも、いまじゃもうわからない。ふたりとも、亡くなった男たちのことを思いだすのに忙しくて、それどころじゃないんだ。じぶんからいなくなったにしても、事情があってのことだとしても、男たちはもう帰ってこないのに。

苦しかったから？　腹が立ったから？　とクレオフィラスが考えたのは、その橋を、結婚したての女として初めて車で渡ったときだ。フアン・ペドロが指差して、ほら、ラ・グリトーナだ、といったので、彼女は声をあげて笑った。なんて変な名前、こんなにきれいなクリークなのに、ずっと幸せに暮らすことになってるのに。

＊

初めてのとき、あまりのショックに、彼女は叫びもしなければ、じぶんの身を守ることさえ忘れていた。もしも男があたしを殴ったりしたら、どんな男だって殴り返してやるんだから、といつも彼女はいっていたのに。

でも、その瞬間がきて、彼が一回だけ殴ったとき、それからもう一回、また一回、唇が切れて血がにじみ、うす紫の血が流れだしても、彼女は手向かいもせず、わっと泣きだしもしなかった。テレノベラで観たような、そんな目に逢ったら逃げだそう、あたしならそうする、と思っていたようにはいかなかった。

彼女が育った家では、親どうしが手をあげたりすることは一度もなかった。子どもに対してもそうだった。一人娘だったから、たしかにじぶんが少しあまやかされて……ラ・コンセンティーダ、お姫さまみたいに……育ったかもしれないとは思っていたけれど、それでも、じぶんなら絶対にがまんしないって思ってたことがいくつもあった。絶対に。

ところが、初めてそうなったとき、ふたりがただの夫と妻という、むきだしの関係になったとき、クレオフィラスは呆然として声も出なかった。その場に凍りついたようになって、動くことさえできなかった。やっとの思いで、ひりひり痛む口元まで手をもっていって、その手についている血痕をじっと見るだけだった。そうなってさえ事態がうまくのみこめないみたいに。なんていったらいいのか、とっさに思いつかなかったので、彼女はなにもいわなかった。ただ、泣いている男の黒っぽい巻き毛を撫でると、それだけで男は子どものように泣いた。後悔と恥ずかしさから涙を流した。そんなことが起きるたびに。

＊

居酒屋にいる男たち。彼女が見たところ、最初の年からだ。結婚したばかりのころいっしょに行こうといわれて夫についていって、だまって座って、男たちが話すのをそばで聞きながら、ビールを一口すすって待っている。そのうちビールはぬるくなってしまう。ペーパーナプキンで結び目をつくったり、それを扇の形にしたり、バラをつくったり、うなずいたり、微笑んだり、あくびをしたり、控えめにニッと笑ってみせたり、適当なところで声を出して笑ったり、夫の腕にもたれたり、その肘を引っ張ったりしているうちに、話がどこへ向かっているのかすぐに見当がつくようになり、そこでクレオフィラスはそういうことかと判断する――夜な夜なこの人たちは酒ビンの底に沈んでる真実を探し当てようとしてるんだ、まるで海底に沈んだドブロン金貨を探しだすみたいに。

男たちはたがいに、なんとかじぶんの本心をことばにしたいのだ。でも、それはヘリウムの入った風船みたいに、脳味噌の内側の天井にポンポンぶつかるだけで、出口を見つけることができない。ぶくぶくと泡をたてながら昇っていって、喉の奥でゴロゴロと音をたて、舌の上をするっと滑って、口から飛びだす……ゲップ。

運が良ければ、長い夜の終わりに涙がやってくる。どんな場合でも、拳骨にものをいわせようとする。男たちは犬、じぶんのシッポを追いかけて走りまわる犬なんだ。横になって眠る前に、なんとか外へ出ようと、道を、出口を見つけようとして、そして……ついに……静かになる。

*

朝のうちときどき、彼が目を開ける前とか。ふたりが愛しあったあととか。あるいは彼がテーブルの向こう側に座って、黙々と食べ物を口に運んで嚙んでいるときとか。クレオフィラスはふっと思う……これが、あたしが生涯をかけて愛していこうと待っていた男なんだ。

悪い人というわけじゃないけど。赤ん坊のパンパースを取り替えながら、彼女はじぶんがどうして彼を愛しているのか思いださなければならない。バスルームの床をモップで拭きながら、ドアのない出入口にカーテンをかけようとしながら、シーツを漂白しながら、ふと思う。でも、本当にそうなのかしら。ちらっと脳裏をかすめる疑問。彼が冷蔵庫を蹴とばし、こんなゴミタメの家なんかもうごめんだ。泣きわめく赤ん坊やら女房の疑ぐるような口のきき方。もう、うんざりだ。あれもこれもぜんぶやれなんて、頼みごとにわずらわされないところに行きたいぜ。だってそうだろうが。おまえの頭んなかには、ちっとは脳味噌ってもんがあるのかよ。俺がオンドリが鳴く前から起きだして、働いて稼いでくるおかげで、おまえの腹に入る食い物も、おまえが雨風をしのげるこの屋根も、金が払えるんじゃないか。それに明日の朝もまた早く起きなくちゃならないんだぜ。わかってるくせに。なんで俺を静かに休ませてくれないんだ、ええっ？　といって出ていこうとするとき、ふと思う。本当にそうなのかしら。

彼はそれほど背が高くない。ぜーんぜん。テレノベラに出てくる男たちにも似てない。顔にはまだニキビの痕まで残ってる。いつもビールばかり飲んでるせいで、お腹も少し出ている。それに、いつだって、がさつ。

おならとゲップをして、大いびきをかいて、大声で笑ってキスをして、彼女を抱き締めるこの男。とにかく彼女は、毎朝、この夫の髭を洗面台のなかで見つけるはめになる。この男の靴を毎晩ポーチに出して、風をあてなければならない。人前で爪を切り、大声で笑い、男特有のきたないことばを吐き、夕食の料理は、俺の母親の家とおなじように、俺が家に帰るとすぐにそれぞれべつの皿に盛って出すんだ、帰りが早かろうと遅かろうとすぐだぞ、と命令し、音楽もテレノベラも、ロマンスも、バラも、小川《アロヨ》の上にかかる真珠のような月も、まったく眼中にないこの夫。月の光が寝室の窓から入ると眠れないといって、ブラインドを下ろしてまた寝てしまう、この男、この父親、このライバル、この飼い主、この専制君主、この支配者、この夫、これが永遠につづくのか。

おかしい。かすかな疑念が頭をもたげる。洗ったカップが反対向きに水切り籠に置かれている。口紅、タルカムパウダー、ヘアブラシ、みんなバスルームにならんでいるけれど、なにかが変だ。

そうじゃない。ただの思いちがいだ。家のなかはいつもとおなじ。なにも変わってない。生まれたばかりの息子を抱いて、夫といっしょに産院から帰ってくる。なぜかほっとする。じぶんの家、はき馴れたスリッパがベッドの下にあって、バスルームのフックには、かけておいたままの色褪せた部屋着がかかっていて。あたしの枕。ふたりのベッド。

ああ、わが家《スイートホーム》って本当にいいものね。かすかに漂うおしろいの粉の匂いみたいなあまい匂い。ジャスミンの薫りみたいな、べたつくお酒みたいな匂い。

ドアにべったりついた指紋。グラスのなかにねじ消された吸い殻。ふっと思いついたことが、脳のなかで皺になって、くっきりした襞になっていく。

＊　　　　＊

ときどき彼女は実家のことを考える。でも、いまさらどうしてあそこに帰れるっていうの？　面目まるつぶれじゃないか。近所の人がなんていうか？　赤ん坊を片方の腰にのっけて里帰りかい、もうひとり、お腹のなかにいるってのに。ご亭主はどうしたの？

ゴシップの町。希望のない埃だらけの町。このゴシップの町と引き替えに彼女が手放したもの。希望のない埃だらけのこの町のために。家と家は離れているかもしれないけど、そのせいでそれ以上のプライバシーってものがないんだ。町の中央にこんもり葉の繁った広場《ソカロ》もないのに、うわさ話のオシャベリがはっきりと聞こえてくる。日曜ごとに教会の階段にしゃがんで低い声でおしゃべりすることもないのに。だって、ここじゃオシャベリは、日が暮れてから居酒屋ではじまるんだから。

この町は、シティホールの正面に生えてる、ベビーカーほどの大きさのブロンズ色のピーカンの木を愚かしい誇りにしている。ＴＶの修理屋、雑貨屋、金物屋、ドライクリーニング店、カイロプラクター、酒屋、保釈金の立替屋、空き店舗、あるのはそれだけ。ほかはなんにもない。おもしろいものなんてなんにもない。散歩に行けるような場所がひとつもないんだ。どっちにしても。ここの町は夫に頼らなければ暮らせないようにできてるから。頼らないとしたら、家にいるだけ。でなければ、じぶんで車を運転するしかない。じぶんの車をもつほどお金があって、運転させてもらえればの話だけど。

どこにも行くところなんてない。お隣のおばあさんのところを勘定に入れなければ。こっちにソレダード。あっちにドロレス。さもなければ、クリーク。
暗くなってからあの辺を出歩いちゃダメだよ。いいかい。家のそばにいるんだよ。体に《ノ・エス・》良くないよ《ブエノ・パラ・ラ・サルド》。運が悪くなる。空気も悪い《マル・アイレ》し。病気になってしまうよ、赤ん坊にも悪いし。暗闇を歩きまわってるとこわい目にあうよ。そうしたら、あたしたちのいっていることが、本当だってわかるから。

川の流れは、夏は水かさが減って、ぬかるんだ泥と水たまりになることもあったけれど、いまはまだ春なので雨が降って、ちょうどいいぐあいに活気がある。川はじぶんの声をもっていて、昼も夜もずっと、高く澄んだ声で呼びかけてくる。ラ・ヨローナかな？　泣き女。じぶんの子どもたちを溺れさせた、ラ・ヨローナ。きっとラ・ヨローナの名前をとって、このクリークにつけたんだ。クレオフィラスはそう思った。そして、子どものころに聞いたお話をそっくり思いだした。

ラ・ヨローナが呼んでる。きっとそうだ。クレオフィラスは、ドナルドダックの絵のついた、赤ん坊の毛布を草の上に敷く。耳を澄ます。暮れなずむ空。赤ん坊が草をひっぱり、手をぎゅっと握りしめて笑う。ラ・ヨローナ。この静けさみたいなものが、女を木陰の暗いところへ引きこむのかな。

＊

あの女に必要なのは……といって、女の腰をじぶんの股間にぐいと引き寄せるまねをした。マクシミリアーノだ。通りの向こうで、いやな臭いをぷんぷんさせてるバカなやつが、そうやって男たちを笑わせていたけれど、クレオフィラスは、下品《グロセロ》、とつぶやいただけで、皿を洗いつづけた。

その男が本当にそう思っていっているわけじゃないのは、クレオフィラスにもわかっていた。毎晩、居酒屋で酒を飲んで、家まで千鳥足でひとりぼっちで帰る代わりに、女と寝たかったのはその男のほうだった。

マクシミリアーノは女房を、居酒屋の乱闘騒ぎの最中に殺してしまったという話だ。女房がモップをもって彼のところへやってきたときだった。撃たなくちゃならなかったんだ、と彼はいった……あいつは武装してたから。

台所の窓の外で男たちが大声で笑っている。夫の声。その友だちの声。マノロ、ベト、エフライン、エル・ペリコ。マクシミリアーノ。

クレオフィラスは大げさに考えすぎてるだけなんだろうか、夫がいつもいうように？　そんな話は新聞にいやというほど載ってるような気もした。これはインターステイトのそばで発見された女。こっちは走っている車から突き落とされた女。これは死体になって、これは意識不明で。これは体中殴られて。別れた夫が、いまの夫が、愛人が、父親が、兄弟が、伯父が、友だちが、あるいは同僚が。いつだってそう。日刊紙のページにはおなじような、身の毛がよだつニュース。彼女は、洗剤の入った水にグラスをしばらくつけて……身震いした。

*

彼は本を投げつけた。彼女の本だ。部屋の反対側から。ほっぺたにみみず腫れができた。それはまだ許せた。でも、グサッときたのは、それが彼女の本だったことで、コリン・テヤドの書いたラブストーリーだったことだ。いま彼女がいちばん気に入ってる本だった。合州国で暮らしてテレビもなく、テレノベラもないんだから。

夫が留守のとき、ときたま、クレオフィラスは隣のソレダードの家のテレビで、数回分だけその番組を観ることができた。ドロレスはそういったことにまったく興味がなかった。でもソレダードはいつも親切に、これまでの「マリア・デ・ナディエ」のあら筋を話してくれた。アルゼンチンの貧しい田舎の娘が、不運にも、アロチャ家の美貌の息子と恋に落ちた。アロチャ家というのは当の娘が雇われている家で、娘はそこの屋根裏部屋で寝起きして、家の床掃除をしていた。そのおなじ家のなかで、箒や床用クリーナーが証人として目撃しているところで、角張ったあごをしたファン・カルロス・アロチャが娘をくどいた。愛してるよ、マリア。ちょっと聞いてくれ。ミ・ケリーダ、でも、だめ、だめよ、といわなければならないのはマリアのほう。あたしたちは階級がちがいます、といって、男に思いとどまらせようとする。ふたりが恋に落ちるなんて、身分がちがいすぎます。そういいながらも、彼女の心は張り裂けそう。わかるでしょ。

じぶんの人生はこんなふうに、テレノベラみたいになるはずだったのに、とクレオフィラスは思った。いまでは話の筋がどんどん哀しいものになっていく。途中でコマーシャルが入らないから、一息入れて笑ったりするひまがない。ハッピーエンドにはなりそうもない。赤ん坊を連れて、家の裏手のクリークのそばに座って、彼女は考えた。クレオフィラス・デ……？　とにかく、名前を変えなくちゃ。クレオフィラスよりずっと詩的な感じの、トパシオ、イェセニア、クリスタル、アドリアナ、ステファニア、アンドレア、そういう名前にしなくちゃ。どんなことでも、宝石みたいな名前の女の人に起きてた。でも、クレオフィラスになにが起きた？　なんにも。ほっぺたに平手打ちだけ。

＊

だって、お医者さんがそういったから。行かなくちゃならないの。生まれてくる赤ちゃんが元気かどうか確かめるためなの。生まれるときに問題がないようにって。次の火曜日に検診の予約がしてあるから。お願い、連れてって。連れてってくれるだけでいいから。

そんなこといわないから。約束するから。お医者さんにきかれたら、家の前で、階段でころんだとか、裏庭ですべったとか、そんなふうにいうから。すべってあおむけにころんだんだって、そういうから。次の火曜日に、行かなくちゃならないの。フアン・ペドロ、お願い、生まれてくる赤ちゃんのためなんだから。あたしたちの子どもじゃないの。

父さんに手紙を書くこともできたのよ。お金を送ってって。ちょっと貸してほしいんだけどって。生まれてくる赤ちゃんのことで、お医者さんにかかるお金がいるからって。でも、あなたが連れていってくれると思ったから、やめたの。わかった、手紙は出さない。お願いだからやめて、もうしないで。お願い。こんなに請求書がくるんだから、節約するのが難しいのはおまえにもわかるだろうが。トラックを買った借金を返すのに、ほかにどんな方法があるってんだ？　家賃と食費と、電気代にガス代に水道代、あれやこれや払ったら、もう手元にはなんにも残らないんだぞ。でも、お願いだから、お医者さんのところに行く分だけは出して。ほかのものは、もう買ってっていわないから。行かなくちゃならないの。なんで、そんなに心配なんだよ？　だって。

だって、今度は、赤ちゃんが逆子になってないか、お腹を切らなければならないようなことになってないか、確かめておくの。そう。次の火曜日の五時半。フアン・ペドリートにちゃんと服を着せて、用意しておく。でも、あの子、靴はそれしかもってない。磨いておくね。ちゃんと用意してるから。仕事から帰ってきたら、すぐに行けるように。あんたに恥ずかしい思いなんかさせないから。

*

フェリス？　あたしよ、グラシエラ。

だめ、大きい声は出せない。仕事中だから。

いい、ちょっとやってほしいことがあるの。患者さんがいてね、女の人で、面倒なことをかかえてるの。

あ、ちょっと待って。聞いてる？　えっ、なに？

大きな声じゃいえないんだけど、隣の部屋に、その人の夫がいるからさ。

ねえ、だまって聞いてくれる？

超音波の検査をするところだった……その人、妊娠しているから、ね？……そうしたら、わたしの目の前でいきなり泣きだしたのよ。もうびっくり《イホレ》！　気の毒に、この人ね、体じゅう青黒いアザだらけで。冗談いってるんじゃないんだってば。

彼女の夫がやったんだよ。ほかにだれがいる？　国境を越えてやってきた花嫁よ。家族はみんなメキシコなんだって。

ゲッ！　あの人たちが救けると思うわけ？　ちょっと待って。この人は英語もしゃべれないって。家から電話をかけることも、手紙を書くこともダメっていわれてるみたい。ぜんぶだめなんだって。だからこうして、あたしが電話してるわけ。

乗せてってほしいって。

メキシコまでじゃないったら。バカね。グレイハウンドの停留所までだよ。サンアントニオの。

乗せてくだけ。お金はあるそうよ。あんたは仕事の帰りに、彼女をサンアントニオで下ろすだけでいいから。やってよ。フェリス。いいでしょ？　あたしたちが救けてあげなかったら、だれがやる？　あたしが乗せてってもいいんだけど、彼女の夫が仕事から帰ってこないうちに、バスに乗らなくちゃならないんだって。どうかな？

わからない。待って。

すぐがいいって。あしたでも。

あら、あしたはそっちがダメなんだ……

デートなんでしょ、フェリスったら。じゃ、木曜日。インターステイト10号からちょっと行った、キャッシュ&キャリーのところで。正午ね。彼女、そこに行ってるからさ。

あっ、そうだ。名前はクレオフィラス。

知らない。たぶん、メキシコの聖人の名前だよ。殉教者とか、そんなとこ。

クレオフィラス。C-L-E-O-F-I-L-A-S。クレ。オ。フィ。ラス。書いといて。

ありがとう、フェリス。赤ちゃんが生まれたら、彼女、あたしたちの名前をつけなきゃって、いいよね？

そう、そのとおり。ソープオペラみたいな話が現実にあるってことだよ。まったく《ケ・ビーダ》、コマードレ。ブエノ、バイ。じゃあね。

＊

朝のうちはずっと、びくびく、はらはらのしどおしだ。いまにもフアン・ペドロが、ドアのところに、通りに、キャッシュ&キャリーの前にあらわれるんじゃないかと思って。夢で見たように。

考えるのはそのことばかりだった。そう、女の人がピックアップを運転してやってくるまでは。それからは、余計なことを考えてるひまはなく、荷物は後ろにのっけてね、ほら乗って、ピックアップはサンアントニオに向かってまっしぐら。

でも、車が小川《アロヨ》にさしかかったとき、運転手が口を開けて、大声で、どんなマリアッチにも負けないくらい大きな声でわめいたのだ。それでクレオフィラスはびっくり仰天、フアン・ペドリートもびっくり。

あれれ《プエス》、かわいいじゃないの。ふたりとも驚かせちゃった？　ごめん。前もっていっとけばよかったね。この橋を渡るときはいつも、あたし、こうするの。名前にあるからさ。「叫ぶ女」って。だから《プエス》、叫ぶわけ。彼女は英語まじりのスペイン語でそういって笑った。気がついた？　フェリスはつづけた。この辺じゃ、女の人にちなんでつけられた名前なんて、ぜーんぜんないって。ホントニ。処女じゃなきゃダメってこと。たぶん、処女ならそれだけで有名になれる。といってフェリスはまた笑った。

だから、あたしはこの小川《アロヨ》が好きなんだ。ターザンみたいに、叫びたくなるんだ、だよね？

この女の人には、このフェリスには、なにからなにまで、クレオフィラスはあっけにとられて、すごいと思った。まず、ピックアップを運転してること。ピックアップをだ。でも、クレオフィラスが、これはご主人のですか、ときくと、ご主人なんてあたしにはいない、とフェリスはいった。ピックアップは彼女のものだった。フェリスがじぶんで選んだのだ。代金もじぶんで払っていた。

前はポンティアック・サンバードを使ってたんだけど。あの手の車は年寄り《ビエハ》向きだね。やわな車。こういうのが本物の車だよ。

女の人の口から、そんな話題が出てくるなんて、とクレオフィラスは思った。それに、フェリスみたいな女の人ってこれまで会ったことがないとも思った。想像できる？　小川《アロヨ》を渡るとき、彼女、いきなり気が狂ったみたいにわめきはじめたんだから。あとになって、父親と兄たちにクレオフィラスはそう教えた。そんな感じだったんだから。ホントに思ってもみなかった。思ってもみなかった？　苦しいとか腹が立つって、思ったかもしれない。でも、フェリスがやったみたいに大声で野次ったりはしなかった。ターザンみたいに叫びたくなるじゃない、とフェリスはいったのだ。

そういってからまた、フェリスは大声で笑いはじめた。でも、笑っているのはもうフェリスじゃなかった。それはゴボゴボといいながら喉から出てくる、長いリボンのような、水のような、彼女自身の笑い声だった。

マールボロマン

ドゥランゴってのが彼の名前。ホントの名前じゃないよ。本当の名前はおぼえてないな、でもそのうち思いだすからさ。家においてきたアドレス帳に書いてあるんだ。彼とは前に、あたしの友だちのロメリアがいっしょに住んでた。ロメリアのことは知ってるよね。大きな唇をした、すっごくかわいい人。ほら、ボーレガーズの店で、ザ・ナンバーツー・ディナーズが演奏してるとき、あたしたちのテーブルに来たことがあるじゃない。

ポニーテイルの人？

ちがうよ。その友だちのほう。とにかく、彼女は一年も彼といっしょに住んでた。彼って、彼女にはすっごく年くってるのに。

ホント？　でも、あたし、あのマールボロマンって、ゲイだと思ってた。

彼が？　ロメリアは、そんなこと全然いってなかったな。

そう。そうだよ。絶対にそう。だって、あたし、あいつにメッチャのぼせてたことあるんだもん。そんで、ある日さ、「60ミニッツ」の番組予告を見たわけ、ね？「今夜の特別ゲスト！　ザ・マールボロマンです！」ワオッ、スッゴイ、これは見逃せない！　ってひとりごといったの、じぶんでもおぼえてるもん。

ひょっとしたら、ロメリアがちらっとほのめかしたことあったかも。でも、あたし、本気にしなかったんだ。

なんてったっけ？　彼の名前。「60ミニッツ」に出てたアイツ。

アンディ・ルーニー？

アンディ・ルーニーじゃなくって！　ほら、もうひとりのほう。いっつも悲しそうな顔してたヤツよ。

ダン・ラザーだ。

そう、それ。ダン・ラザーが彼にインタビューしてたよ。「60ミニッツ」でさ。「いったいマールボロマンはどうなったのか」とかなんとか。ダン・ラザーが彼にインタビューしてた。そのマールボロマンはエイズ・クリニックでボランティアとして働いてて、彼もそれで死んだんだよ。

ちがう、そうじゃない。彼はガンで死んだの。煙草の吸いすぎだと思うわ。

あたしたち、おんなじマールボロマンのこと、話してると思う?

彼とロメリアは、フレデリックスバーグ郊外の丘陵にある、すっごい豪邸に住んでたよ。切り立った崖の上に建ってる、ものすごくきれいな家、どっかの牧場のそばにあってさ。文明からはるか遠く離れた田舎で、シカやら野生のシチメンチョウやミチバシリやタカなんかがうじゃうじゃいて、でも町まで車でたったの一〇分よ。一度なんか、そこで建国記念日のお祝いを派手にやっちゃって。だれかれかまわずみんな招待して。ウィリー・ネルソンに、エステバン・ホルダンに、オーギー・メイヤーズとか、もう、わんさといて、すごかったんだから。

うっそおお。

彼ったら、人前で服をぜんぶ脱いじゃうくせがあってさあ。前に「リバティ」で一度、連中にばったり逢ったのね。彼のほうはセクシーなスーツでビシッときめてた。めっちゃ「GQ」っぽいやつ、あたしのいってる意味、わかる？　すっごく優雅《トレゼレガン》って感じよ。そんで、あたしはロメリアに手をふった。あとで下のバーに行って、ちょっと会わないかって意味で。ところがですよ、あたしがピーカンパイにありつく前に、彼ったらもうドアから意気揚揚と出てっちゃった、それも、身にまとってるのは、カクテル用ナプキンだけ。ホント、たいしたやつだったよ。

またあ！　やめてよね。あたし、彼がじぶんの子どもの父親だったらいいのに、なんて思ったことあるんだからぁ。

あら、そう。あたしたちが、おんなじマールボロマンのことを話してれば、だよね。マールボロマンって、いっぱいいたもんねえ。ラッシーがいっぱいいたのとおんなじ。クジラのシャムーもいっぱいいたし。泳ぐ豚のラルフもそうだしね。ねえ、どう思う？　あのころの大っきな広告板とか。あのころのこと！

彼って、口髭が生えてた？

うん。

それから、クリント・イーストウッドの西部劇に、端役で出てなかった？

出てたと思うけど。たしか、ウェルズ・ファーゴかなんかに関係ある役だったと思うわ。

それから、生まれがカリフォルニア州の北のほうじゃない？　知的障害ぎりぎりの弟がいてさ。そんで、マールボロに見出される前は、ポルノ映画に出てなかった？

どうかな、あたしが知ってるのは、彼がドゥランゴって呼ばれてたことと、丘陵地帯に牧場をもってたってことだよ。前はレディー・バード・ジョンソンのものだった牧場ね。そんで、彼とザ・テキサス・トルネードの友だちが、どっかのレコーディング・スタジオに投資して大損したとかなんとか。そのスタジオって、ふつうの一六トラックのじゃなくて、三二トラックのになるはずだったんだって。

そんで、彼ったらロメリアをひどい目にあわせたんだよ。いっつも、スカートさえはいてれば手あたりしだいに若い娘の尻を追いかけるもんだから……

でも、ダン・ラザーは、彼が初代のマールボロマンだっていってたよ。

最初の？　へえーっ。じゃあ、あたしが話してる、ロメリアといっしょに住んでたマールボロマンは、ホンモノのマールボロマンじゃなかったんだ。でも、彼、けっこう年くってたけどなあ。

テキサス・オペレッタ

あたしは「スパニッシュ」よ、と彼女はいいたがる。でもラレードの出身なのは、ほかのみんなとおなじ……「ラルド」とあたしたちは呼んでるけど。名前はベリオサーバル。カルメンよ。サンアントニオの法律事務所で秘書の仕事をしてた。

大きな乳房《チチス》をして。ほんとに大きいのよ。男たちはみんな目を吸い寄せられた。どうしようもなかったわね、彼女にも。ホント。話をするとき、だれも彼女の目を見てしゃべらなかった。ちょっと悲しい話だよね。

彼女ったら、その伍長をフォートサムヒューストン〔サンアントニオの軍事施設〕で飼ってたの。若くて、すごい美男でさ。ホセ・アランビデって名前。彼には故郷に帰れば、ショッピングセンターでナチョス〔チーズやチリソースの入ったトルティーヤ〕を売ってる、ハイスクール時代の恋人がいたのに。彼がハーリンゲンに帰ってきてじぶんと結婚して、寝室が三部屋ある建て売り住宅をローンで買ってくれるのを、いまでも待ってる恋人がさ。ずっと夢みてるの、ね？

でね、このホセはカルメンの一生の恋人じゃなかった。サンアントニオでちょっとつきあった、まあ「オトコ」ってとこだね。でも男ってのは、ほら、どんなふうかわかるでしょ。足を洗ってやって、あんたの髪の毛でその足を拭いてやらないかぎり、本気にならないじゃん。マジで。それにカルメンは、どうするのよ、はっきりしてってタイプの女だったからさ。気に入らなければ、とっとと出てきなさいよっていっちゃうタイプ。たいしたもんよ。

てきぱきしてるわけじゃないけど。つまり、毎年きちんと歯石をとるとか、じぶんでデュープレックスを買っておくほど抜け目がないわけじゃない。でも、伍長はひっかかった。正真正銘、保障つきの、愛の奴隷。どうしてだかわからないけど、男は冷たくされるほど熱をあげるみたい。

そうよ、まちがいないって。彼女はホセを、ときどきつきあう恋人にしてたの。でも、あたしの人生はこれからよって、体ひとつで勝負にでようとする二〇歳の女にとって、それがなんなのよ。最初のチャンスは、テキサスの有名な上院議員と親しくなったことだった。そいつは着々と出世街道の布石を敷いているところで、彼女にオースティンの北のほうにある、こぎれいなコンドミニアムをあたえたわけ。議員ってのは、カミロ・エスカミーヤよ。この名前なら、たぶん、聞いたことあるでしょ。

ホセにそれがバレたとき、そりゃあひどいスキャンダルになったんだから。エスカンダロってやつよ。彼女を殺そうとして。それでホセも自殺しようとしたの。でも、このカミロが、新聞沙汰にならないように手をまわした。その程度の大物ではあったわけ。おまけに、彼には女房も子どももいて、毎年、いっしょに写真におさまって、それをカレンダーにしてクリスマスにばらまいてた。どこのあばずれかわからない女《フラニータ》なんかのことで、じぶんのキャリアを棒にふるつもりは、もうとうなかったわけね。

話す相手によってこの話は微妙にちがうのよ。ホセの友だちは、ホセが例のでかパイにナイフでじぶんのイニシャルを彫ったなんていうけど、それって、きっとホラ話。そんな感じしない？

あたしが聞いたとこじゃ、ホセは軍隊から逃げだしたたって話だよ。マタモロスで闘牛士になったみたい。男らしく死ぬために。死にたがってるのは彼女のほうだっていう人もいたけど。そんなの信じられないよね。彼女、キングコングのカルデナスと駈け落ちしたんだから。クリスタルシティから来たプロレスラーとカワイコチャンの組み合わせなんて。あたし、カルメンのいとこのレルマを知ってんの、で、あたしたち先週、郊外のエロテスにあるフローア・カントリー・ストアで彼女に会ったばかりなんだ。彼女ったら、あたしたちにビールをおごってくれてさ、ツーステップでくるっと向きを変えると、「ヘイ・ベイビー、どうかした《ケ・パソ》」っていったんだから。

忘れないで、アラモ砦だから

グスタボ・ガリンド、アーニー・セプールベダ、ジェシー・ロブレス・ジュニア、ロニー・デオヨス、クリスティーネ・サモラ……

子どものころなんだけどさ、熱した油に母さんがお米を入れるとジャーッていって、パチパチってはねて、ほら、なんだか拍手しているみたいに聞こえるじゃない？　だから、わたしはいつもおじぎをして、「ありがとう《グラシアス》、親愛なる観客のみなさん《ミ・ケリード・プブリコ》、サンキュー」といって、そこに観客がいるつもりになって投げキスをしてたんだ。いまもするよ、ジョークだけど。パエリヤとか作るとき、油にお米を入れると、はねてジャーッて音がする、そこでわたしはおじぎをする。だれにもわからないようにうんと軽くおじぎして、それにいまも投げキスをしてる。心のなかでだけど。

メアリー・アリス・ルハーン、サンティアゴ・サナブリア、ティモテオ・エレーラ……

でも、わたしが演じるのはルーディーじゃない。つまり、いまはもうファルフリアスからきたルーディー・カントゥーじゃなくて。わたしはトリスタンになる。毎週木曜の夜の「トラビスティ」。アラモ砦の裏にある店だから、すぐにわかるって。ワンマンショーなの。フラメンコ、サルサ、タンゴ、ファンダンゴ、メレンゲ、クンビア、チャチャチャ。忘れちゃだめだよ。「トラビスティ」。忘れないで、アラモ砦だから。

リオネル・オンティベロス、ダルレーネ・リモーン、アレックス・ビヒル……

ほかにも出演者はいるけど、マンボ・クイーンとか……勘違いしないで、あの人たちの演ってることがへたってわけじゃないの。でも一流じゃないわねえ。ダニエラ・ロモのものまね。ルチャ・ビヤのそっくりさん。カルメン・ミランダもどき。よりどりみどり、なんでもござれ。でも、トリスタンは、なんていうか、すっごくエレガントなの。つまり、彼って通りを歩いているとき、頭の向きをこんなふうに、ガッと変える。烈しく、熱烈に。おまけに横柄に。そう、ちょっと横柄にね。スイートハート、この業界はそうでなくちゃ。

ブラス・G・コルティナス、アルマンド・サラサル、フレディ・メンドーサ……

トリスタンって、闘牛士《マタドール》みたいにポーズをとるんだ。衣装がまた格調の高いこと。ぴったり完璧、まるでじぶんの肌みたい。観客がいっせいに叫ぶ、トリスタン！ トリスタン！ トリスタン！ トリスタンがにっと笑う、部屋中がぞくっと身震いする。彼が両腕をひろげる、タカの翼のように。スポットライトがアンダルシアの月みたいにこうこうと照らす。観客は息をのみ、水をうったようにシーンとなって。そしてそれから……ジャーン！ ショットガンみたいなヒールの音。死ぬまで踊るダンスがはじまる。おまえを愛していく、アスタ・ラ・ムエルテ、ミ・ビダ。死にいたるまで。聞こえる？ 死にいたるまでよ。

ブレンダ・ヌーニェス、ハシント・トバル、ヘンリー・バウティスタ、ナンシー・ローズ・ルナ

……

だって毎週木曜の夜は、トリスタンがラ・カラカ・フラカと踊るんだから。トリスタンは、あの、おこげの喉をつかんで、感覚がなくなるまで絞める。トリスタンはやせっぽちのラ・フラキータなんか怖がらない、「痩せた死神」なんか。

アルトゥーロ・ドミンゲス、ポルフィリア・エスカランテ、グレゴリー・ガイエゴス・ドゥラン、

ラルフ・G・ソリス……

トリスタンは「死神」をフロアの上でリードする。俺のこと愛してるんだろ? ミ・カリニート、いとしい人、アスタ・ラ・ムエルテ、死ぬまで。焦れるってどういうことか、おしえてやろう。

ポール・ビヤレアル・サウセード、モニカ・リオハス、バルタサル・M・ロペス……

いえよ。俺がほしいって、いえよ。おまえは俺がほしいんだ。愛してるよ《テ・キエーロ》。俺を見ろ。いいから見ろ。俺の目から、その目をそらすんじゃない、死神め。そおーだ。俺の宝もの。いとしい人。俺のいい子、かわいい子。おまえは俺がほしくて身もだえる。恋の綱引き。焦らしてあやす。口には煙草。死にいたるまで《アスタ・ラ・ムエルテ》。ハッ!

ドロテア・ビヤロボス、ホルヘ・H・ハル、アウローラ・アンギアーノ・ロマン、アマド・ティヘリーナ、ボビー・メンディオラ……

トリスタンの家族? 家族はなにがあっても彼を愛してるね。彼の母さんはトリスタンが有名になったもんだから、鼻が高くて……あれはわたしの息子《ミホ》よ。それで姉や妹がやっかむこときたら、だってトリスタンは美男だもん。でも、姉妹は彼のことを熱愛してるし、彼もメイクアップしてもらってチップをわたしてる。

最初、父親は、なんだこれは？　といった。でも、つぎつぎと新聞に記事が載るようになると、父親がなにをしたかわかる？　記事をコピーして、メキシコの親戚に送ったのよ。そこで、トリスタンが親戚中に、楽屋まで入れるフリーパスを送る。すると車でメキシコ盆地くんだりから、親戚がわんさとオープニングショーにかけつける。モンテレイから上流きどりの親戚までやってくる。信じられないよ。このあいだなんか、招待された家族でラ・マンシオン・デル・リオ〔サンアントニオの一流ホテル〕の三階の全フロアを借り切ったくらい。ウソじゃないって。

彼は、サンアントニオじゃ、いまいちばんホットなライブの出し物なんだ。でも、彼はいい加減なことにはがまんならない。絶対に。好きか嫌いか、どっちかね。烈しいったらないんだから。ウソじゃないよ。すっごく《ムイ》、モーレツにホットか、でなければ、どうしようもないほど、冷たい。家族や友だちでなければ仲良くしない。そうじゃなきゃダメってわけじゃないけど。でも、やってみれば？　いってみたらどう。あんたも仲良くなるといい。いろいろ伝授してあげるから。どうやったか教えてあげるからさ。

この指輪、見た？　アートを愛してダンスも愛する人からの贈り物だよ。彼のオープニング用の赤いバラのために、あたし、五〇〇ドルもはたいたんだから。楽屋を見せたかったわ。どこを見ても、バラ、バラ、バラだもんね。ハニー！　すると彼が、指輪を贈ってくれたの。ちいさなダイヤモンドでテキサス州の形にしてある。アートが好きだったんだね、彼は。そういうこと。いえよ。愛してるって《テ・キエーロ》。俺がほしいって。俺がほしいんだろ。

あの女とトリスタンはこんなふう。ラ・フラカったら、彼に夢中。トリスタンのことを、そんなふうに愛してる人はたくさんいる。だってトリスタンって、じぶんはほかのやつとはちがうぞってとこ、見せようとするから。とびぬけて目立つようにするから。スタイルも洗練されてる。おまけに優雅《エレガンシア》なの。そこがトリスタンの魅力よ。

彼は、ローライダー〔車を派手に改造して集団で乗りまわす人たち〕のタイプを相手にしてもビビらない。ビール臭くて、オシッコの臭いの染みついた、あの穴蔵みたいな「エスクァイア・バー」で近づいてくるやつら。ジュークボックスがブレンダ・リーの「アイム・ソーリー」をきんきん声で鳴らしてる店。エレス・マリコン？　おまえ、ファグか？　彼ったら唇に剃刀の刃が浮かんでるような一瞥を彼らに投げつけるんだから。

夏は真っ白な服を着て、冬は真っ黒な服。中間はなし。ショーのときはべつだけど。それが彼の流儀。トリスタン。でも、彼は正直になろうとしてるだけ。誠心誠意、本心からやってるの。わかるでしょ。

それに、彼が愛するときは、全身全霊うちこむ。遊び半分なんて絶対にしない。ものすごい完璧な愛し方なんだから、覚悟しといてね。勇気を出して。シートベルト締めて、スウィート。

最後まで行くからさ。ものすごく焦らされるから。

死ぬまで踊るダンス。毎週木曜の夜、ラ・フラカと彼は滑るように踊る。彼女に両腕をまわして。女の死神《ラ・ムエルティータ》ときたら、したり顔で、バカっぽい笑みを浮かべて。それで彼があわてたりはしないけどね。尻の割れ目までくっきり見せちゃうドレスを着た死神なんて。哀れで見てらんないわ。

なんてペア！　ふたりして、ジンジャー・ロジャースとフレッド・アステアがタンゴを踊ってるみたい。ふたりの天使、この世のものとは思えない肉体が、チーク・トゥ・チークで、腰をぶつけあうようにしてフロアを滑っていく。アーイ、本当だってば《ワチャレ》、ムチャチャ。マラカスのリズムと、あのボーンズを打ち鳴らすチャチャチャになると、彼女って天才！　ねえ、あたしをホントに愛してる？　ホントに？

トリスタンのほうは？　木曜の夜、彼女と仕事してるときが最高の気分だって。あの瞬間を彼は生きてるんだね。観客は息をのんで、ため息をついて、幕があがりライトがついて、音楽がはじまると、どよめきが起きる。それがトリスタンの人生がはじまる瞬間。潰瘍とか、ガソリンスタンドとか、病院の請求書とか、血のついたシーツとか、浴槽に落ちた陰毛とか、一切なし。愛する人をその腕に抱いて、遠くへ、遠くへ、もっと遠くへ人を連れ去る。ひからびたトウモロコシの皮、豆のサヤ、コーヒーカップからはるか遠くへ、封も開けずに送り返されてきた手紙からはるか遠くへ。

トリスタンは、醜いもの、ありふれたものとは無関係。スクリーンが破れたスクリーンドア、はげかかったペンキ、ささくれた板の廊下、汚い裏庭、思い出したくもないトイレのなかの濁った唾なんかとは無関係。汗だくになって、彼がきみに身体を押しつけてきて、ピンク、ピンク、ちんちんブラインドが降りて目玉みたいにシームレスになって、赤ん坊ネズミみたいにピンクのそれを、きみのちいさな手が撫でさすり、そう、そんな感じ、こんな感じ、そしてあのつんとくる臭いと、腫れあがった口のなかに流れこむ涙みたいな味で、きみの頭はもうグシャグシャ。

ちがう。トリスタンにはそんな思い出はない。ただ、アモール・デル・コラソン、心から愛することだけ。お金では買えないもの、でしょ？ それは人を傷つけるために使われたりしないんだから。恥ずかしさなんてない。あたえたい愛。惜しみなくあたえたい、そう思っている肉体、そんな愛。汚れたものなど、なにひとつない世界、だれも傷つけないし不快にもしない。そんな世界を創りだしたいと思ってる肉体。それが、トリスタンが踊るときに考えてることだよ。

マリオ・パチェコ、リッキー・エストラーダ、リリアン・アルバラード……

いえよ。俺がほしいって。愛してる《テ・キエーロ》って。俺がおまえをほしがるように。愛してるって、いってくれ。俺がおまえを愛するように。愛してます《テ・キエーロ》、親愛なる観客のみなさん《ミ・ケリード・プブリコ》。愛しています《テ・アドーロ》。心の底から。この心と、この身体で。

レイ・アグスティン・ウエルタ、エルサ・ゴンサレス、フランク・カストロ、アベラルド・ロモ、ロチェル・M・ガルサ、ナシアンセーノ・カバソス、ネルダ・テレーセ・フロレス、ロランド・ギイエルモ・ペドラーサ、レナート・ビヤ、フィレモン・グスマン、スージー・A・イバニェス、ダビード・モンドラゴーン……

この肉体。

メキシカンとは結婚しちゃだめ

メキシカンとは結婚しちゃだめ、と母さんはむかしいった。ずっとそういいつづけた。父さんのことがあったからだ。そういう母さんだってメキシカンなのに。でも、母さんはここで生まれた。このアメリカ合州国で。父さんのほうはあっちで、メキシコで生まれたから、メキシカンといってもおなじじゃない。いってる意味、わかるよね？

わたしは結婚なんか絶対にしない。どんな男とも。男のことは裏の裏まで知りすぎてしまった。不誠実このうえないところをこの目で見てきたし、わたし自身がそれに加担してきた。ジッパーを下ろして、ボタンをはずして、人目をはばかりながら、いっしょに策略をめぐらしてきた。わたしは共犯者、わかっていて計画的に罪を犯しつづけた。ほかの女たちを苦しめるようなことをあえてしてきたのだから、責められてもしかたがない。わたしは執念深くて、残酷で、おまけにどんなことでもやってしまう。

じつをいうと、ひとりの男となにがなんでも別れたくないと思ったときがあった。この左手にあの金色の指輪をはめて、陽の光を受けてキラキラ輝く高価な宝石みたいに、彼の腕にぶらさがっていたいと思ったときがあったのだ。こそこそバーを渡りあるくのではなくて。バーはどこもおなじようなものだった。黒い格子模様の入った赤いカーペット、フロック加工の壁紙、木製のワゴン車に取りつけられたカンテラみたいなランプシェード。その光は琥珀めいたぞっとするような色で、ガソリンスタンドで無料で出される飲み物が入ったグラスみたいだった。

うす暗いバー、うす暗いレストラン。でなければ、わたしのアパート。歯ブラシ立てに彼の歯ブラシが北極点にひるがえる旗みたいにしっかりと立っていた。やけに大きく感じられるベッド。だって彼が朝までいることはなかったから。もちろん、いるわけがない。

借りもの。それがあたしの、男たちとのつきあい方。ふわっと浮いてきたクリームだけ。果実のいちばんおいしいところだけ。結婚相手との毎日の暮らしで、いやでも剝ぎ取られる苦い皮がない。あまい果肉がほしくなったら、男たちはわたしのところへやってきた。

そういうこと。わたしは結婚したことはないし、これからも絶対にしない。できなかったからではなくて、わたしが結婚のことをロマンチックに考えすぎるのね、きっと。まあ、いってみれば結婚のほうがわたしを失望させたってことかな。わたしを落胆させなかった男は皆無、わたしが愛するように相手も愛していると信じられる男はひとりもいなかったってこと。わたしは結婚を理想化しすぎてるんだと思う、だから結婚はしない。嘘の暮らしをするくらいなら、結婚なんてしないほうがいいにきまってる。

メキシカンの男は、はじめから頭になかった。テーブルを片付けたり、肉屋のカウンターの後ろで肉を切り分けたり、わたしが学校に通ってたとき毎日乗ったスクールバスを運転してたのが男だとは長いこと思わなかった。将来わたしの恋人になる男として眼中に入ってなかった。メキシコ、プエルトリコ、キューバ、チリ、コロンビア、パナマ、エルサルバドル、ボリビア、ホンジュラス、アルゼンチン、ドミニカ、ベネズエラ、グアテマラ、エクアドル、ニカラグア、ペルー、コスタリカ、パラグアイ、ウルグアイの男たちのことなんて知らない。会ったこともないし。それって母さんのせいだ。

母さんはじぶんが経験したつらい思いを、わたしやヒメーナにはさせたくなかったんだと思う。母さんは一七歳でメキシカンの男と結婚した。向こうの国《エル・オトロ・ラド》で生まれた娘というだけで、もう、メキシコ人の家族から受けるありとあらゆる苦労に耐え忍ばなければならなかったんだ。母さんと結婚するのは父さんにとって、じぶんより身分の低い相手と結婚することだったから。もしも父さんが向こうの国《エル・オトロ・ラド》の白人と結婚していれば話はちがった。相手が白人ならば貧しくても身分の高い相手との結婚ということになったから。でも、スペイン語もろくに話せないメキシカンの女と結婚するなんて、そんなバカげた話はなかった。そんな女は、夕食のときに人数分の皿にべつべつに料理を盛り分けることも知らないだろうし、布のテーブルナプキンをきちんと折り畳むことも、銀器のならべ方も知らないんだから。

母さんの家では、皿はいつもテーブルのまんなかに積み重ねられて、ナイフやフォークやスプーンはジャーに立ててあった。そこからめいめいが勝手に取ることになっていた。皿は縁が欠けていたり、ひびが入っていたりして、どれもみんなちぐはぐだった。テーブルクロスさえなかった。おじいちゃんがスイカを切るときはいつも、テーブルに新聞紙を敷いた。だから母さんは、ボーイフレンドの父さんがやってきて、台所の床にもテーブルにも新聞紙が敷きつめられているのを見たときは、さぞ気まずい思いをしたんだろうな。背の高い、働き者のメキシカンだったおじいちゃんが、さあ、こっちに来て食べなさい、といってくさび形に切り分けた深緑色のスイカのうちから、すごく大きな一切れを父さんにくれる。おじいちゃんは食べ物のことではケチケチしなかった。絶対に。あの大恐慌のときでさえ。裏のドアをノックした者にはだれにでも、さあ、こっちに来て食べなさい、といったそうだ。浮浪者が夕食のテーブルについていっしょに食べることになったとき、子どもたちはじろじろ、じろじろ見ていたという。おじいちゃんは浮浪者を手ぶらで帰すことがないように、いつも気を配っていた。小麦粉や米はバレル単位で、袋詰めのを買っていた。ジャガイモも。ウズラマメは大袋で。だからスイカも三、四個まとめて買って、ベッドの下にころがしておいて、思いもよらないときにひょっこり持ちだしてきた。おじいちゃんは三つの戦争を生き延びた。メキシコの戦争をひとつと、アメリカの戦争をふたつ。だから、否が応でも生き抜くすべを身につけた。その知恵があった。

でも、父さんはそうじゃなかった。ぜんぜんちがった。まったく。はじめてこの国にやってきたとき、父さんは貝を売ったり、皿を洗ったり、生け垣を植えたりして働いた。リトルロックでバスの後ろの座席に座って、運転手に、おまえの席はこっちだ、と怒鳴られた。すると父さんは、おとなしく肩をすぼめてこういった。英語、話す、ダメ《ノー・スピーク・イングリッシュ》。

でも父さんは経済的な理由で逃げだしてきた難民じゃない。戦争を逃れてやってきた移民でもない。父さんは、大学一年のとき、ろくに勉強しないで遊び呆けていたことがばれて、父親とまともに顔をあわせるのが怖くなって、メキシコ市にあるじぶんの家から逃げ出した。金持ちでもないけど貧乏でもない、まあそこそこだと思ってる家から逃げ出したんだ。バスに乗って、もしも知り合いの女の子がいて、その子の分までバス代を払ってやる金を持ちあわせていなかったらさっとバスを降りてしまう、そんな少年だった。父さんが置き去りにしたのは、そういう世界だ。

やたらカッコつけた衣装を着こんだ父さんのことは想像がつく。だって父さんは、ファンファロンだったから、見栄っぱり。踊ってほしいと声をかけられて、ふり向いた瞬間に母さんはそう思った。それから何年もあとになって、ものすごい目立ちたがりだった、目立ちたがりそのもの、と母さんはいった。でもなぜその男と結婚したのかは教えてくれなかった。父さんはシャークブルーのスーツをビシッと着て、胸ポケットに糊のきいた白いハンケチをのぞかせ、ベルトつきのフェルトの中折れ帽をかぶり、肩のところが大きくふくらんだツイードのトップコートをはおって、やけに立派な英国風の靴をはいていた。靴は爪先と踵のところに飾り穴模様がついてる。ずいぶんとお金をかけた衣装だった。金がかかってるんだ。父さんの持ち物がそういっていた。上質《カリダド》なんだ。

父さんは、アメリカのメキシカンって、ひどく変な、風がわりな人たちだなと思ったはず。故郷のメキシコ市で馴染んでいた風習では、スイカは召し使いが皿にのせて銀器や布のナプキンをそえて出すものだったし、マンゴーも専用のフォークをそえて出すものだった。庭で大きく脚を広げて食べるとか、台所の新聞紙の上にしゃがみこんで食べたりすることはなかった。さあ、こっちに来て食べなさい。絶対に、そんなふうではなかった。

＊

わたしがどうやって暮らしを立てているか、それはいろいろ。たまに翻訳をやることもある。一語いくらで支払われることもあるし、時間いくらということもある。それは仕事の内容によりけり。日中はその仕事をやって、夜は絵を描く。絵を描いていくためなら、日中はどんな仕事でもやる。

サンアントニオ自治教育区の代用教員の仕事もしている。でもそれは旅行用パンフレットのちいさな文字を翻訳するより率が悪い。ほんとに。ガキどもにはがまんできない。どんな年齢の子どももダメだ。でも、それで家賃が払える。

とにかくそういうわけで、わたしが生活の糧をえるためにやっているのは、一種の売春みたいなもの。みんなは「画家なの？　すてきじゃない」といって、わたしをパーティーに招待してくれる。まるで賃貸しされる珍種のランかなにかのように、わたしを芝生の飾りにする。でも、アートって、お金で買える？

わたしは水陸両生だ。どんな階級にも属さない人間。お金持ちは、わたしが創造的な仕事をしていることがうらやましいから、わたしをそばに置きたがる。彼らは、それはお金では買えないことを知っている。貧しい人は近所にわたしが住んでいても気にしない。だって、わたしの学歴や身なりがわたしたちの世界をくっきりと分けていても、わたしが彼らとおなじように貧しいことを知っているから。わたしはどの階級にも属していない。隣りあわせに暮らしている貧しい階級にも、わたしの展覧会にやってきて作品を買ってくれる裕福な階級にも。姉さんのヒメーナとわたしが生まれ育った中産階級にも。わたしたちはそこから逃げだしたのだ。

若いころ、初めて家を出たころ、わたしはアーティストになるってすてきだろうな、とうっとり夢見ていた。姉さんの夫が家を出ていってしまった直後のことで、子どもたちを連れた姉さんとアパートを借りたのだ。そのころ、わたしはフリーダ・カーロやティナ・モドッティみたいになりたいと思っていた。カメラと絵筆をそろえて、一五〇ドルずつ出しあって借りたそのすごいアパートで、苦労してもがんばるぞって思ってた。だってそこは高い天井にガラス張りのすてきな天窓があって、それを見るなりいっぺんに、ここを借りなくちゃと思ってしまったのだ。バスルームに洗面台がなくてもいいや、バスタブが石棺みたいでもかまわない、床板がぴったり合ってなくても、死人さえ怖くなって逃げだしそうな廊下もがまんしよう、そう思った。高さが四メートル以上ある天井を見ただけで、わたしたちはすぐにその場で手付金の小切手をきる気になったのだ。すごくロマンチックに考えていた。知ってるでしょ、この場所。サルサモラ通りに面した、メキシコ革命を撮ったカサソラの写真を飾ってる床屋の最上階。角の「ビリア・テパティトラン」というネオンのところを曲がると、二匹の山羊が角を突き合わせていて、メキシコ風のパン屋が何軒もならんでいて、ウエボス・ランチェロス〔トルティーヤの上にフライドエッグをのせ、サルサをかけたもの〕やカルニタス〔フライド・ポーク〕を食べさせる「そよ風亭《ラス・ブリサス》」があるところ。この店じゃ日曜になるとバルバコア、そう、バーベキューを出すんだよ。それに新鮮なフルーツの入ったミルクシェイクにマンゴーのアイスキャンディのパレタスも売ってる。英語よりもスペイン語のネオンサインのほうが多いくらい。これってすごい、すごいってわたしたちは思った。昼の光のなかで見ると、この地区はすごくきれい。セサミストリートみたい。舗道では子どもたちが石蹴り遊びをしている。幸せな、ちっちゃなボギーマンめ。それから、いまだにダチョウの羽でできたダスターを売ってる金物屋があって、日曜になると家族そろってぞろぞろと出てくる聖母グアダルーペ教会があって、ふわふわの渦巻きドレスにエナメル革の靴をはいた女の子たちと、ステイシーのスーツにパリッとしたシャツを着た男の子たちの姿が見られる。

　でも、夜になるとガラッとようすが変わる。わたしたちがよく知っている北の地区とは似ても似つかなくなる。荒くれ者の西部の荒野さながら、パンパンとピストルの音がする。わたしもヒメーナも子どもたちも、ひとつのベッドに身をまるめるようにして、明かりを消して、じっと耳を澄ます。いい子だから眠りなさい。ただのカンシャク玉だから、といって。でも、見当はついてる。ヒメーナは、ねえ、クレメンシア、わたしたち、家に帰ったほうがいいんじゃない、とこぼしたものだ。そこで、わたしがいう。なにいってんの！　だって、ヒメーナもわたしも、帰る家なんてないのはよくわかってたから。母さんのところはいやだ。母さんが結婚したあの男のところはいやだった。父さんが死んでから、わたしたちのことなんかもうどうでもいいみたいだった。母さんったら、じぶんを哀れむのに忙しいみたいで、よくわからないけど。わたしはヒメーナとはちがう。あれからずいぶん時間がたったけれど、いまだにうまく折りあいをつけられない。母さんが死んだいまになっても。義理の兄弟たちが、本当ならわたしとヒメーナのものになっていたはずの、あの家に住んでる。でもそれ……なんていうか……ダムの下の水っていうのかな？　わたしはこの国で生まれたけれど、ことわざまではちゃんとおぼえられなかった。ことわざなんて、わたしの育った家では話題になったこともなかったから。

父さんが死んでから、母さんはいないも同然になってしまった。まるで母さんまで死んでしまったみたいだった。前に一度、小鳥のフィンチを飼ってたことがある。その小鳥が赤くて細い脚を片方、鳥かごのバーに絡めてしまった。なんでそうなったのかなんてわからない。その脚はひからびて、もげてしまった。それでも小鳥は残った片足で、長いこと元気に生きていた。もげてしまった脚の先がちいさな赤いスタンプみたいだったけど、小鳥はすごく元気だった。母さんの思い出もそんな感じで、すっかり乾いてひからびてしまった。だから、母さんのいた場所が懐かしいと思わなくなったんだ。母さんなんていなかったみたい。そう口に出していっても、べつに恥ずかしいとは思わない。母さんがあの白人と結婚したとき、それからその男と彼の子どもたちがわたしの父さんの家に引っ越してきたとき、母さんはわたしの母親をやめたんだ。まるで、もとからわたしには母さんなんていなかったみたいに。

母さんはいつも体のぐあいが悪くて、じぶんの人生のことをくよくよ考えるのに忙しかった。できることなら、わたしたちを悪魔にだって売りとばしてたかもしれない。「だって、ものすごく若いときに結婚したのよ、おまえ《ミハ》」とよくいっていた。「おまえの父さんのせいよ。あたしよりすごく年上だったから。青春を楽しむチャンスが、あたしにはなかったの。ねえ、お願い、わかってちょうだい……」これがはじまるとわたしは耳をふさいだ。

その男と母さんは職場で出会った。オウエン・ランバート、写真店の主任で写真の現像や焼きつけをやっていた。父さんが病気のあいだも、母さんはその男と逢いつづけた。病気のあいだも。それがいまもわたしは許せない。

そのころ父さんは病院で血と痰のまじった咳をして、顔半分がマヒして、舌もひどく腫れてしまって、話すこともままならなかった。体中にチューブやビニール袋をぶら下げた父さんは、ひどくちいさくなったみたいだった。でも、なんといっても忘れられないのは、臭いだ。まるで死神が父さんの胸にどっかり座っているようだった。それから、医者が白い布で父さんの口のなかから痰をこすり取ってる光景も忘れられない。父さんが喉をつまらせるのを見ていて、わたしは、やめて、そんなことやめて、と叫びそうになった。あたしの父さんなんだからね。チクショウ。あんた、父さんを生かしておいてよね。父さん、だめだ。まだだめ。まだ、だめ。なんだかもう、たまらなかった。ちゃんと立っていられなかった。ガツンと殴られたみたいな、鼻の孔から内臓をぜんぶ引っ張りだされて、そこからシナモンとクローブを詰めこまれたみたいな感じで、わたしは涙も流さずに、そこにただ突っ立っていた。すぐ横にヒメーナと母さんがいた。ヒメーナの向こうが母さんで、すぐ隣に母さんがいるのはがまんできそうもなかったから。みんなが何度もアベマリアとか、われらが父よ、と唱えていた。神父が聖水をふりかけてこういった。果てなき世界《ムンド・シン・フィン》よ、アメン。

＊

　ドリュー、あたしのことをマリナーリって呼んでたの、おぼえてる？　冗談まじりにやった、ふたりだけのひみつのゲームで。だってあなたがあんな髭を生やしてて、コルテスみたいだったから。あたしの肌はあなたのにくらべると浅黒い。きれいだってあなたはいった。あなたは、あたしがきれいだっていった。そういわれると、ドリュー、あたしはきれいになったの。

　僕のマリナーリ、マリンチェ、僕の高級娼婦、わたしをそう呼んで、編んだ髪をぐいっとつかんであたしをのけぞらせ、キスとキスのあいまにちょっと息をついて、また荒っぽくあたしにキスをして、あの黒い口ひげから大きな笑い声をあげた。

夜が明けないうちに、あなたはいつもいなくなった。いつもそうだった。あたしが知らないうちに。夢だったのかしらと思うほど。このお腹と乳首に残っている歯型を見て、夢じゃなかったんだと思った。

あなたの肌は白かった。でも髪は海賊よりも黒かった。マリナーリ、あたしのことをあなたはそう呼んだ。おぼえてる？　ミ・ドラディータ、僕の黄金って。あなたがあたしの言語《ことば》で話してくれるのが好きだった。じぶんのことが好きになれて、愛される価値があるんだと思えたから。

あなたの息子。あの子が生まれたとき、あたしがその誕生に深くかかわっていたことを、あの子は知ってる？　生めばいいじゃない、そういってあなたを説得したのは、このあたしだった。息子にそのことを教えてあげた？　母親があおむけになって、あの子を産み落としてるとき、生まれる子の母親のベッドであたしがあなたとセックスしてたんだって。

あたしのいないあんたなんか脱け殻よ。赤土に唾をつけて、あたしが造りあげたんだから。その気になれば、この親指ともう一本の指のあいだに鼻息を吹きかけるだけで、あんたを消すことだってできるんだから。あんたなんか、あとかたもなく吹き消してみせるわよ。キャンバスの上に、ひと刷毛ためし塗りする絵の具みたいに。あんたを造り直したとき、もうあんたは彼女のものじゃなくなった。ぜんぶあたしのものになった。ドラムの革をピンと張ったような、キャンバス上のあんたの体の風景画。その革の下で心臓がトクトクと脈打ってた。これっぽっちだって返してなんかやらなかった。

あなたを何度も描いている。あたしがこれだと思ったやり方で、いまも。あれから何年もすぎたけれど。あなたは知ってた？　おばかさん。あなたが彼女のところに帰っていってから、あたしがめそめそ哀れっぽく愚痴をこぼしながら鼻にかかったカントリー&ウエスタンみたいによろけながら生きてきたと思ってるんでしょ。おあいにくさま。でも、あたしは待っていたのよ。わたしの目からあなたがどう見えるかという世界を創造しながら。それが力じゃないなら、なにが力だっていうの？

夜、あたしは家中のロウソクに火を灯す。これは聖母グアダルーペのために、これはエル・ニーニョ・フィデンシオに、ドン・ペドリート・ハラミヨに、サント・ニーニョ・デ・アトチャに、サン・ファン・デ・ロス・ラゴスの聖母に、それから特別に、美しい両眼を皿にのせてる聖女ルチアのために。

おまえの眼は美しい、とあなたはいった。これほど黒い眼は見たことがない。そういってかわるがわるこの眼にキスしてくれた。まるで、あたしの眼が奇跡を起こせるとでもいうように。あなたが行ってしまったあと、あたしはこの眼をスプーンで抉りだして、青い青い空の下の皿の上に置いて、ブラックバードについばませてしまいたかった。

その少年、あなたの息子。あの赤毛頭の女の、あなたの妻の息子。水面に浮いた魚のエサみたいな、赤いソバカスだらけの男の子。あの少年。

この長い歳月、あたしは蜘蛛のようにじっと待っていた。あたしはまだ一九歳で、その子がまだ母親の頭のなかにふっと浮かんだ思いつきにすぎなかったころから、あたしが彼にそうしてもいいわよといって許可をあたえて、そうなるように仕向けたあのころから。ほら。だって、あなたのお父さんは、あなたのお母さんを捨てて、わたしといっしょに暮らしたいっていったんだから。あなたのお母さんは、わたし、子どもがほしいわ、なんて鼻にかかった声でねだった。せめてそれだけでもって。それでも彼は、いずれな、そのうち、とかなんとかいいつづけた。でも、とにかく、じぶんがいっしょにいたいのはこのわたしだって、彼はそういってたんだから。

このことをあなたに教えてあげたい。あなたが逢いにきた夜にでも。あなたが、どんな服を買おうかとか、高校に入りたてのころはどうだったかとか、ほとんど一人前の大人になったいまはどうかとか、さんざんしゃべったあとで。ロッカーとしてじぶんはどう評価されているかとか、バンドのこととか、それから、買ったばかりの真新しいギターのこと、ギターか車かどちらかになさい、と母親にいわれて、車なんかいらない、といってギターを選んだこと、そうだったね。だってあなたをわたしの車に乗せて、どこへでも行けるものね。こんなに肌が白くなかったら、わたしの息子だっていっても通るのに。

こういうことがあった。ずっとむかしのことだけど。あなたが生まれる前のことね。あなたが母親の心のなかで、まだ一匹の蛾にすぎなかったころのこと。わたしはあなたのお父さんが教える学生だった。そう、ちょうどいまのあなたとわたしみたいに。そしてお父さんはわたしを何度も何度も金色に描いた。わたしは彼のドラディータ、黄金なんだって。陽に焼けて黄金色に輝いてる、それが彼がいちばん好きな女だっていって。川砂のように輝いているのがいいって。そう。そういって、わたしを抱いて、その翼の下に入れて、ベッドに連れていった。この男、この先生、それがあなたのお父さんよ。そんなふうに特別扱いされるのは光栄だって思ったの。若かったのね、わたしも。

いまでもはっきりおぼえているのは、あなたが生まれた夜、わたしがあなたのお父さんと寝ていたってこと。お母さんがあなたを受胎したそのベッドで。あなたのお父さんといっしょに寝ていても、その女、あなたのお母さんのことはちっとも気にならなかった。肌がわたしとおなじ褐色だったら、じぶんと折りあいをつけるのは難しかったかもしれないけど。そうじゃなかったから平気だった。わたしのほうが先にそこにいたんだから。いつだって。もうそこにいたの。鏡のなかに。彼の肌の下に、血のなかにいたの。あなたが生まれる前から。そして彼もわたしのこの心のなかにいた。わたしが彼を知るずっと前からいたのよ。わかる？　いつだってここにいたの。いつだって。ハイビスカスの花みたいに解けながら、泥中の縄みたいに爆発しながら。わたしはもう、なにが正しいかなんて気にしない。彼の奥さんのことも気にしない。わたしの姉妹《シスター》じゃないから。

妻が赤ん坊を産んでいる夜にその夫と寝たのは、それが最後じゃなかった。わたしって、どうしてそんなことをするのかしら？　妻が新しい生命を産み落としているときに、まだ目も開かない赤ん坊に乳を吸われているときに、その夫と寝るなんて。どうしてそんなことをするのか？　それはね、そんなふうにひそかに女たちを殺せるってことに、ちょっとだけクレイジーな快感があったからなの。女たちが陰気な産院に足止めを食らって、お腹のなかみをぐいぐい引っ張りだされて裏返しにされているときに、その夫を横取りしてるって思うことに。赤ん坊がその胸を吸っているときに、その夫がわたしの胸を吸ってるんだって思うことに。みんな、彼女たちの陰部の傷の痛みがとれないときのことだった。

＊

一度、マルガリータを飲んで酔っ払って、電話したことがあるの、あなたのお父さんに。朝の四時だった。あの女を起こしてやった。ハロー、電話に出たのは甲高い声だ。ドリューと話がしたいんですけど。少々お待ちください。バカていねいな応接室用の英語で彼女はいった。少々お待ちくださいい、だって。それから何週間も、わたしは笑いころげた。隣でぐうぐう寝てるまぬけなやつの耳にわざわざ受話器をあててやるなんて、ほんとにバカよ。起こしてごめんなさい、ハニー、あなたに電話よ、だなんて。ドリューがねぼけ声で、ハローといったときも、わたしのほうは笑いこけてて話ができない。ドリュー？　あんたの奥さんって、すごいトンマでマヌケなビッチ、やっとの思いでそういったけど、もうそれ以上、ことばが続かなかった。バカ、バカ、バカ。メキシカンの女は絶対にそんなやり方はしないんだから。起こしてごめんなさい、ハニー、だなんて。あたし、もうプッツンしちゃった。

＊

彼はそっくりおなじ肌をしている。彼って少年のほうだけど。青い血管の浮いた白くてきれいな肌はママにそっくり。一二月のバラみたいな肌。美少年。ちいさなクローン。ちいさな細胞が分裂して、あなたのコピーがつぎつぎとできる。ねえ教えて、ベイビー。この体のどこが母親ゆずりなの。それを見ながら、わたしは想像してみる。彼女の唇、あご、長い長い脚、この脚がこの子の父親に、わたしをベッドに連れこんだ男に絡まったんだ。

＊

こんなことがあったわね。あたしは眠っている。寝てるふりをしている。あなたは、ドリュー、あたしを見ている。ベッドのすみにあなたが腰かけるのがわかる。服を着て、帰ろうとしている。でもいま、あなたは眠っているあたしをじっと見ている。なにもせずに。ことばもかけずに。キスもしないで。ただ座っている。あたしを見物して、点検している。いまはどう思ってるの？

あたしはあなたのこと、夢見るのをいまだにやめられない。そのこと、知ってた？ 変だと思う？ でも、あたしはいわない。この胸にしまっておく。あなたのことを考えるときにいろいろ思うこととといっしょに。

あれから何年もすぎたけれど。

あなたがあたしのことをじっと見てるなんていや。眠っているところを見物されるなんていや。いまなら眼をカッと開けてやるのに。あなたはびっくりして、きっと逃げだすね。

あのとき。あたし、あなたになんていっただろう。ドリュー？ なんなの？ なんでもない。そういうだろうって、あたしにはわかってた。

話すのはやめよう。あたしたち、話をするのはへただった。あなたと話そうとすると、ことばがうまく出てこなくなった。話し方をもう一度、最初から学び直さなければならない気がして。あたしが必要なことばがまだこの世では作りだされていない気がして。あたしたち、臆病だったね。ベッドにもどってきて。そこなら、ほんのしばらくだけれど、あなたがあたしのものだって思えるから。一瞬だけ。息をつぐ瞬間だけでいいから。あなたはその気になる。あなたは焦れて、ぐいと引く。そしてあたしの肌を引き裂く。

服を脱いでしまうと、あなたは大人の男って感じがしなかった。どういったらいいのかな？ あたしのベッドではまるで子どもみたいだった。抱いてもらいたがってる、体ばかり大きな少年。だれにもあなたを傷つけたりさせない。あたしの海賊。ほっそりした、あたしの少年、男の姿をした……。

あれから何年もすぎたけれど。

思いがけなかった、そうよ。ガンジス河、嵐をふくんだ目。ほんのしばらく。あたしたちがわれを忘れると、あなたがあたしをぐいと引いた。あたしはあなたのなかへ飛び込んで、あなたをりんごのようにパックリと割った。他者にじぶんを開いて見せながら返礼をもとめない。いつのまにか、なにかがネジのようにゆるんでいた。あなたの体は嘘をつかない。あなたみたいに寡黙じゃないから。

裸のあなたは真珠のよう。ひっきりなしの煙草のことも忘れて。あなたは雨のようにやわらか。もしもこの口に入れたら、雪のように解けてしまいそうだった。

丸裸になってしまって恥ずかしそうだった。退却。でも、あたしはありのままのあなたを見た。あなたはあたしに心を開いてくれた。用心を怠ったとき、じぶんをさらけだした。そんな一瞬が、あたしにはわかった。あたしはバカじゃない。

あなたは眠りながら、あたしを引き寄せた。暗闇のなかで、あなたはあたしを探し求めた。あたしは眠ってなかった。細胞という細胞が、毛穴が、神経が、すべて目醒めていた。

あなたがため息をついて寝返りを打ち、あたしを抱き寄せるのをじっと見ていた。あたしは眠ってなかった。あのときは、あたしのほうがあなたを見物してたんだ。

＊

あなたのお母さん？　見かけたのは一度だけ。あなたのお父さんとわたしが逢わなくなってから何年もあとのこと。展覧会で。ウジェーヌ・アジェの写真展だった。あのイメージは、何時間見ていても飽きない。学生たちをいっしょに連れてたの。

最初、わたしがお父さんに気づいた。その瞬間、その部屋にいる人が全員、セピア調の写真も、わたしが連れてた学生も、ビジネスーツの男性たちも、ハイヒールの女性たちも、警備員も、だれもがみんな、わたしの正体を見破っているような気がした。わたしはうろたえてしまって、学生たちを急いで次の展示のほうへ誘導したけど、運命っていうのかしら、とうとうその瞬間がやってきた。

コートをあずけるエリアで、彼がわたしたちに追いついてしまった。毛皮のコートを着た赤毛のバービー人形と腕を組んで。恐るべきあのテレビ番組「ダラス」に出てくるタイプで、髪はひっつめのポニーテイル、大きくてけばけばしい顔は高級デパート「ニーマン」の化粧品売場のカウンターにいる女たちみたいで。わたしがおぼえているのはそれ。彼とずっといっしょだったかもしれないけど、その瞬間までぜんぜん目に入らなかった。嘘じゃない。

かすかに見せたためらいから、本当にかすかなためらいだったけれど、彼がナーヴァスになってるのがわかった。人づきあいがすごく上手で、ためらったりする人じゃなかったから。それから、わたしのところまで歩いてきた。わたしはどうしていいか、わからなくてそこに立ちすくんだまま。夜中に動物が道を横切っているとき、いきなりヘッドライトを浴びて、びっくりして動けなくなったみたいに。

どういうわけかわたしは、突然、じぶんの靴に目がいって、それがすごく古かったので恥ずかしくなった。彼が近づいてくる。わたしの恋人が、あなたのお父さんが、あのニヤッとした笑みを顔に浮かべながら。その顔を見るとひっぱたいてやりたくなった、あの顔で。それを見るとセックスしたくなったあの顔で。そして聞いたこともないほど心から誠実そうな声で「ああ、クレメンシア！　これがミーガンだよ」って。これほど意地悪な紹介の仕方もなかったわね。これがミーガンだよ。そんな感じで。

わたしはバカみたいにニッと笑って、手を差しだした……「こんにちわ、ミーガン」……こんな人には耐えられないと思うときに見せるあのニコニコ顔で。それからわたしは早々にその場から逃げだした。後ろに従えたガキどもと、サルみたいなキンキン声でおしゃべりしながら。家に帰りつくと、やっとの思いで冷たいタオルを額にのせて横になるしかなかった。テレビをつけっぱなしにして。タオルの下の両眼のそのまた奥のほうでズキンズキンと聞こえていた……これがミーガンだよ。

そのまま、わたしは眠りこんでしまった。テレビをつけっぱなしにして、部屋の明かりもこうこうとつけたままで。目が覚めたのは午前三時ころ。わたしは明かりとテレビを消して、アスピリンを探しにいった。それまでカウチでいっしょに寝ていた猫たちも、起きてあとからバスルームに入ってきた。みんなわかってるよ、とでもいいたげに。それからまたわたしのあとを追って、ベッドに入りこんできた。いつもは追い払うんだけど、このときばかりはベッドに入れてやったわ。ノミもいっしょに。

＊

こんなこともあったわね。作り話じゃなくて、本当にあった話。あなたのお父さんとは、もうこれっきりにしようと思ったときのことだった。ふたりとも、そうしようということになった。そのほうがいいって。いつかきっとそうなるのは、わたしにもわかっていたけど。そう。じぶんのためだった。楽しいお遊び。若い娘がやるような。そのころのわたしみたいな。だから、わかるわけがないでしょ……責任なんて。おまけに、彼はわたしとは絶対に結婚しないってことも。そうは思わなかったの……？　メキシカンとは結婚しちゃだめ。メキシカンとは結婚しちゃだめ……しないわ、もちろん、しないわよ。わかってる。わかってるわよ。

その家でわたしたちだけで数日すごしたことがあるの。いきさつはわからない。あなたとお母さんは、どこかへ行ってた。クリスマスだったかな？　思いだせないな。

そうそう、ダイニングテーブルの上に、鉛の縁どりをした乳白ガラスのランプが吊してあった。どんなことも、忘れないように頭のなかに細かく記録して一覧表にしてたんだ。ドアの蝶番にはエジプトの蓮がデザインされていた。狭くて暗い廊下、そこであなたのお父さんと一度セックスしたこともあったな。鉤足が四本ついたバスタブで彼はわたしの髪を洗って、金属のボウルを使ってリンスした。この窓。あのカウンター。朝の光のなかのベッドルーム。信じられないくらいやわらかな光、磨きぬかれた一〇セント硬貨が光ってるみたいだった。

その家はしみひとつなくて、いつものように、髪の毛いっぽん落ちてなかった。フケの片鱗も、くしゃくしゃのタオルもない。ダイニングルームのテーブルに飾ってあったバラの花さえ、息をひそめてるようだった。空気がぴたっと止まって動かないような清潔さで、いつだってクシャミがしたくなったわね。

彼と暮らしているこの女に、どうしてそんなに興味をもったのかしら？　バスルームに行くたびに、薬を入れるキャビネットを開けて、彼女のものをかたっぱしから見たの。エスティローダーの口紅はもちろん珊瑚色とピンク。マニキュア液は……めいっぱい大胆になってもせいぜいモーブか。コットン玉にブロンド色のヘアピン。象牙色の羊皮のスリッパは、買ったばかりの新品のように清潔。ドアフックには……「イタリア製」のラベルのついた白いローブに、真珠のボタンがついた絹のナイトシャツ。わたしはそれに触って布の織りを調べてみた。上質《カリダド》だった。

それから、どうしてそんなことをしたのか、われながら説明がつかないけど。あなたのお父さんがキッチンで忙しくしてるあいだに、わたしはじぶんのバックパックが置いてあるところへ行って、買っておいたクマの形のドロップを一袋取りだした。彼が鍋でなにやらガタゴトやっているあいだに、わたしは家のなかを歩きまわって、きっとここなら彼女がわかる場所に、そのドロップで痕跡を残しておいた。半透明の化粧用小物入れにひとつ。マニキュア液のビンにもひとつ詰めこんだ。高そうな口紅をくるくるっとめいっぱい出して、先端にちっちゃなクマをぎゅっと押しつけてキャップをもどした。彼女のペッサリー・ケースにも、半透明のゴムのお月さまのまんなかにちっちゃなクマを一個のっけた。

気にすることなんかないよね？　責められるのはドリューなんだから。それとも彼のことだから、掃除にくる女がメキシカン・ブードゥーにでも凝ってるんだろっていったかもしれない。そういうだろうってのは、わたしにもわかった。でも、それはかまわなかった。家中の彼女だけが見る場所にクマのドロップを置いてあるいて、奇妙な満足感を味わっていた。

ドリューが「晩めしだ！」と叫んだちょうどそのとき、机の上のそれが目に入った。ドリューがこのあいだロシアに旅行したとき、お土産に買ってきた木製のバブーシュカ人形だ。そうだ。だって彼はそっくりおなじものをわたしにも買ってきたから。

前にもやったことがあったので、やり方はわかっていた。いちばん外側の人形の上部をぱくっと開けると、なかの人形を取りだした。そのふたを開けて次のを取りだし、つぎつぎと開けていって、最後に残ったいちばんちいさな人形を取りだしたあとにクマのドロップを置いた。それから、人形をぜんぶ元どおりにひとつひとつ入れていって、置いてあったとおりにもどした。いちばんちいさい人形はじぶんのポケットに入れた。晩ご飯を食べているあいだずっと、ジーンズのポケットに入っている人形に触っていた。それに触っていると、いい気分だった。

家に帰る途中、グアダルーペ通りが川と交差する橋の上で車を止めて、緊急停車のブリンカーを立てておいて車を降り、木製のその人形を泥水の流れるクリークに捨てた。酔っ払いが放尿したり、ドブネズミが泳いでいるクリークに。あのバービー人形のオモチャが泥と汚物にまみれて消えていった。そのときの感覚は、それ以前にもそれ以後にもないものだった。

それから家に帰って、わたしは死人のように眠った。

*

このところ朝になると、じぶんにはコーヒーを淹れ、少年にはミルクをそそいでやる。あの女のことを考える。この少年のなかに、わたしの恋人だった男を思いださせる手がかりは見えない。まるであの女は「処女懐胎」でこの子を胎んだみたいだ。

わたしはこの少年と寝る。彼らの息子だ。少年がわたしを愛するよう仕向ける、わたしが父親を愛したように。彼がわたしを求めて、渇望して、その眠りのなかでガラスを飲みこんだみたいに身をよじるよう仕向ける。わたしは彼をこの口にふくむ。ほら、わたしの心臓《コラソン》のちっちゃな一切れ。硬い腿と、ちょっぴり生毛、剛い綿毛でおおわれた細い腰は父親そっくり、背中はバレンタインのハートみたい。こっちへいらっしゃい、ミ・カリニート、いい子ね。マミータのところへいらっしゃい、ママのところへ。ほら、トーストがちょっぴりある。

彼がわたしを見る視線でわかる、彼はわたしの思うまま。おいで、スズメちゃん。わたしにはいつまでだって待っていられる忍耐力がある。いらっしゃい、マミータのところへ。わたしのバカなちいさな小鳥さん。わたしは動かない。彼をびっくりさせない。おずおずと彼が手を伸ばしてくるようにさせる。すべて、全部あなたのためだから。彼の腹部をこすってやる。彼を撫でてやる。それからこの歯で噛み切る。

*

いったいこれはなに？　午前二時にわたしの内部でわたしを狂わせようとしているものは？　アルコールの血中濃度のせいにはできない。一滴も飲んでないんだから。もっとたちが悪いものだ。血を毒するような、わたしを切り取るような、なにか、夜がふくれあがって、空がまるごとわたしの脳髄にのしかかってくるみたい。

もしも、こんな夜にわたしがだれかを殺したら？　だれかではなくじぶんを殺したら、わたしは罪悪感にかられて脇目もふらずに十字砲火をあびる列にならぶだろうな、お人好しの目撃者、それは恥ずかしいことじゃないのか。いろんなイメージで頭をいっぱいにして、罪悪感に背を向けて歩いていく。自殺？　なんともいえない。それはなかったけど。

わたし以外なら殺したいと思う人はいる。惑星間の引力が法則どおり働いているとき、それは目に見えるもののバランスをひっくり返して逆さまにする。そんなとき、それはわたしの視界から消えたがる。そんなとき、わたしは電話をかける、テロリストみたいに危険だ。もう手のつけようがない、なるようになれだ。

そういうこと。どう？　これではっきりわかった？　わたしの頭が完全にイカレてるってことが、狂乱のチューリップとかタクシーみたいだってことが。雲みたいにどこへ行くかわからないってことが。

空があんまり大きすぎて、じぶんがひどくちっぽけに感じる夜がある。雲ってものの問題点ね。だって空はめちゃくちゃ広いから。どうして夜はうまくいかないのかな？　だれかとこんなに心を通い合わせたいって思うのに、それを伝えるための言語《ことば》がない。あるのは、色だけ。絵だけ。それに、わたしがいわなくちゃって思うことはいつも愉快なものとはかぎらないしね。

おお、愛、ほら。わたしは行って、それを実行した。なんの意味がある？　意味があろうとなかろうと、わたしはじぶんがやらなければならないことやってきた。やらねばと思うことをやってきた。するとあなたが電話に出て、小鳥を驚かすようにしてわたしを追い払った。いまあなたはきっと、ひそかに毒づきながら、もう一度眠りに落ちる。あの妻の隣で。あなたの発する温もりで、あの女自身の熱を放射させながら。フランネルと羽毛の下で息をしながら。ミルクとハンドクリームのかすかな匂いをさせながら。あなたにいつもついてきたその匂いに包まれて。ウウッ。

通りでおおぜいの人たちとすれちがうと、わたしは手を伸ばして、彼らのことをギターのようにかき鳴らしてみたくなる。人間という人間がみんないとしく感じられるときもある。そんなとき、わたしは手を伸ばしてだれかを撫でながら、よしよし、といってあげたい気持ちになる。だいじょうぶ、ハニー、ほらほら、よしよしって。

パン

わたしたちは腹ぺこだった。グランド・アベニューのベーカリーに行って、パンを買った。バックシートに放りこんだ。車内がパンの匂いでいっぱいになった。発酵したパン生地を使ったパンのかたまりは、ぼてっとしたお尻みたいな形をしていた。ぼて尻パン、わたしは「ナルゴーナ」ブレッドとスペイン語でいった。彼はイタリア語で、ぼて尻パン、といったけれど、どういうことばだったかもう思いだせない。

ぐいっと手で大きくちぎって、わたしたちは食べた。車はパールブルー、その午後のわたしのハートみたい。あったかいパンの匂い、ぎゅっと握った両手のなかのパン、カーステレオからはタンゴが、大きな、大きな、大きな音で鳴っていて。だって、そんな大きな音にがまんできるのは、わたしと彼しかいないから。なんだかバンドネオンも、バイオリンも、ピアノも、ギターも、ベースもぜんぶ、わたしたちの体のなかに入ってしまったみたいで、なんだか彼が結婚する前みたいで、彼の子どもたちが生まれる前みたいで、わたしたちのあいだに苦しいことなんか全然なかったみたいで。

ビルの建ちならんだ通りをドライブしていると、彼が思いだしたようにいう。この街はうっとりするなあ。わたしは、ちいさかったころのことを思いだしてる。いとこの赤ん坊が殺鼠剤を飲んで死んじゃったのはこんなビルだったなあ。

ちょうどそんな感じ。わたしたちのドライブはそんな感じだった。彼がおぼえているこの街の新しい記憶と、わたしがおぼえている古い記憶のすべて。ガブリとパンをかじってわたしにキスして、またガブリとパンをかじった彼。

サパタの目

あなたのまつ毛に、わたしは鼻を近づける。まぶたはペニスの皮膚のようにやわらか。鎖骨は羽を大きく広げた翼。乳首は紫の結び目。暗くて濃い藍色をした性器。すらりとした脚と細長い足。しばらくは、あなたの過去も未来も考えたくない。たったいま、ここに、あなたがいて、あなたはわたしのものだから。

あなたがここで眠る夜、わたしがいつもなにをしているか、いったほうがいい？　あなたが葉巻をくゆらしコニャックを飲んで眠ってしまったのを確かめて、わたしはゆっくりとあなたの銀ボタンのついた黒いズボンを調べていく……両脇にそれぞれ五十六対のボタンがついてる、わたし、数えたんだから。刺繡をしたソンブレロには馬毛の房がついていて、きれいなダッチリネンのシャツ、騎手《チャロ》の上着の縁には細かなチェーンステッチの刺繡。粋な黒いブーツ、エンボスのついたガンベルト、銀の拍車。あなたはわたしの将軍なの？　それともサン・ラサロの村祭りにわたしが出会った、あの少年なの？

男にしてはきれいすぎる手。華奢な手。優雅な手。指はハバナの葉巻の匂いがする。わたしだってむかしはきれいな手をしてたの、おぼえてる？ クアゥトラのなかじゃどんな女よりきれいな手をしてるって、あなたはよくいってた。逸品《エスキシタス》と呼んで。まるで食べ物かなにかみたいに。それを思いだすといまでも、わたし、笑いたくなる。

ああ、でもいまじゃ、ほら見て。ひび、あかぎれ、タコまでできて……手ってどうして真っ先に年をとるのかな？ 肌はニワトリの喉に垂れた肉垂みたいにガサガサ。開墾地《トラコロル》で畑仕事をするせいだ、山刀《マチェーテ》で草を刈って鍬で荒地を耕す、男がするきつい仕事をわたしがやるせいだ。服が泥だらけになる重労働。戦争になる前は、女はだれもやらなかった仕事。

でも、重労働だって、ひとりで丘に行くんだって、わたしは怖くない。死ぬことも、監獄に入れられるのも怖くない。わたしはほかの女たちのように、夜を怖がったりしない。「政府軍《エル・ゴビエルノ》だ」という声を聞いてすぐさま教会の聖具室に逃げこむような、ほかの女たちとはちがう。

あなたを見ている。もういびきをかいてるの？ かわいそうな人《ポブレシート》。眠りなさい、パパシート。ほらほら、あたしだけ……イネスだけよ。眠りなさい《ドゥエルメ》、わたしのいとしい人《ミ・トリゲーニョ》、かわいい人《ミ・チュリート》、いい子ちゃん《ミ・ベビート》。よしよし。

ここで寝るのがいちばんだって、あなたはいう。疲れているのね。いつだって偉大《エル・グラン・》な将軍《ヘネラル》エミリアーノ・サパタでいなければならないから。神経質そうな指は痩せほそり、すらりとした優雅な骨格がびくっと震えて身をよじる。いつも殺し屋の銃弾に身構えているんだ。

どんなやつでも絶対に裏切り者にならないとはいえない。裏切り者は叩きつぶさなければならん、とあなたはいう。馬なら徹底的に調教する。新しい鞍はとことん使い込まなきゃだめだ。根性を叩き込むんだ。何年か前に馬術ショー《ハリペオ》で、あなたが鞭と輪縄を使ってやって見せたように。

このところ、なにもかもいらいらの種になっているのね。ちょっとした物音、光、太陽さえも。何時間もひとこともしゃべらずにいて、やっと口を開いたと思ったら、いきなり怒り狂ってわめきだす。みんな、あなたのことを怖がってるよ。部下たちまで。あなたは暗闇に身を隠している。何日も眠らない。もう笑わなくなったね。

聞かなくてもわかる。わたしにはちゃんとわかるの。戦いが思うように進んでないんでしょ。あなたの顔を見ればわかるわ。ここ何年かで、すっかり変わってしまったね、ミリアーノ。いつもいつも警戒してるせいで、こんな顔つきになってしまった。しわもどんどん増えて。こんなに深いのまである。あごはぎゅっと歯をくいしばって。暗闇に目を凝らすから、目を細めてものを見るようになって。

船乗りの未亡人もそんな目になるってよくいうよね。空と海が溶けあう遠くの水平線に目を凝らすせいで。この戦争のあいだじゅう、わたしたちもおなじだった。みんなやもめになってしまった。男も女も、子どもさえも。みんな「われらが首領《ヘフェ》サパタの乗ってる馬の尻尾にしがみついている」。ひたすら辛抱《アグアンタンド》してもう九年、みんなぼろぼろになってる。

そう、それがあなたの顔にも出てるんだ。ずっとそうだったんだね。戦争がはじまる前から。わたしがあなたを知る前から。アネネクイルコであなたが生まれる前から、いいえ、それ以前からだ。その目には、堅固で、それでいてやわらかなものが、いっぺんに入っている。わたしたちよりあなたのほうが、ずっと早くから気がついていたんだ、でしょ？

今朝、使いの者がやってきて、夜になる前にあなたがここに着くという知らせをもってきた。でも、そのときはもう、わたしはあなたのために夕食のトルティーヤにするトウモロコシを茹でていたんだよ。ビヤ・デ・アヤラからの道を馬に乗ってやってくるあなたが、わたしには見えたから。アネネクイルコであの日ちょうどあなたを見たように。革命がはじまったばかりのころ、政府がやっきになってあなたを探していたころだった。あなたは土地の権利証書のことが心配になって、十八か月前に埋めておいたところへそれを掘りだしに行った。村の教会の祭壇の下……だったね？　……チコ・フランコに安全に保管しておけよといって。俺は死ぬことになる、いつか。だが、われわれの土地の権利証書は安全に保管しておかなければならない、といって。

あなたの悲しみを、頬についた汚れみたいにこすり落としてあげられたらいいのに。この腕のなかに、ニコラスやマレーナみたいにあなたを抱いて、丘を駆けのぼりたい。あそこの洞穴や岩の割れ目のことなら、なんでも知ってるから。細い裏道も峡谷もぜんぶ知ってるから。でも、あなたをあなた自身から隠すには、どうすればいいのかな。あなたは疲れてる。病気で、ひとりぼっち、この戦争のせいで。そんなものに金輪際あなたが巻きこまれないようにしてあげたいよ。ミリアーノ、いまはあなたがここにいるだけで十分。いま、このとき。こうして、この屋根の下にいるだけでいい。

眠りなさい、パパシート。あなたのまわりにいるのはイネスだけ。夜中じゅう目をしっかり開けているから。わたしの翼がたてる音は、ベルベットのマントを揉むときの音にそっくり。あなたの肌に温かい息がかかる。月光のように白い羽を大きく広げれば、この家の壁という壁をさっとひと撫ですることもできる。サラサラとこすって、それからふわっと軽く宙に浮いて、窓から飛びだしていく。このフクロウのような翼の下に、夜の湿った風が吹いてくるまで。くるくると渦巻く星は、あなたがくれた金と銀の線細工のイヤリングみたい。あっちの金亀樹《グアムチル》に繫いだ、あなたの疲れた馬はブリキみたいに動かない。川が大きな声で歌ってるよ、雨季のときみたいな大声で。

わたしは丘を、山を偵察する。わたしの青い影が丈高い草と深い谷《バランカス》の切れ目をさっとよぎり、青い夜の下で静まりかえる農場《アシエンダ》の廃墟の上を横切っていく。この高さから見ると、村は戦争前とちっとも変わってない。屋根はもとのまま壊れていないみたいで、壁も白く塗ったままで、砂利道も粗石と雑草が取りのぞかれているみたいに見える。北のほうは焼け焦げて荒れているけど。わたしたちの暮らしはなめらかで無傷。

ぐるりぐるりと円を描きながらわたしは飛んでいく、青い田園風景のなかを、枯れた畑の上を、目が眩むような風にも堅くて白いこの羽を乱さずに、家の戸口で見張りに立ってるふたりの兵士の上を飛ぶ。強行軍の一日の疲れでひとりは眠りこけ、もうひとりはぼんやりしてる。でもわたしは目覚めている。あなたがここにいるときは、いつでも、ずっと目覚めている。なにも見逃しはしない。山のコヨーテ、砂地のサソリ一匹だって。なにもかもはっきりと見える。あなたが馬でたどってきた道。ほのかな夜香花《ナイト・ジャスミン》の、あまいミルクのような匂い。わたしたちのアドベ煉瓦の家の屋根に、当座の間に合わせに葺いたサトウキビの葉。わたしたちのいちばんちいさな子ども。あの娘は五回の夏をハンモックで眠ってきたのよ……いまはまだほんのちいさな女の子、マレニータ。川や水路が笑うような音をたてる。そして、高い松の枝を吹き抜ける風が、甲高い、メランコリックな声をあげる。

わたしはゆっくりと輪を描いて家のなかにすべりこむ。夜風の匂いを体にしみこませたまま、翼をたたんでじぶんの体のなかにもどる。あなたから離れていたわけじゃないのよ。わたしはあなたから離れない。けっして。なぜだかわかる？　あなたがいないとき、わたしは思い出から、もう一度あなたを創りだしているから。あなたの肌の匂い、その口髭の上にあるほくろ、この手の平の内側にぴったり抱くあなた。黒砂糖《ピロンシーヨ》みたいに黒くて豊かな肌。この手にはさんだあなたの顔。あなたが恋しい。すぐ隣に横になっているいまでさえ、あなたが恋しい。

眠っているあなたを、あなたの肌の色を見ている。うっすらと月明かりのなかでその体はあなたの光を放っている。まるで全身が琥珀でできているみたいだね、ミリアーノ。まるでちいさなランプのよう。家中のものがみんな黄金色に輝いて見えるもの。

あなたは、とても冗談好き《タン・チストーソ》だった。うんと気立てがよくて《ムーイ・ボナチョン》、すごい悪戯好き《ムーイ・ブロミスタ》。ちょっとお酒を飲むと、冗談ばかりいって、調子っぱずれの歌を歌った。「俺には三つの悪い癖があって、深くしみついてしまってとれない。酔っ払いで、賭博好きで、おまけに色恋に目がない……」。アーイ、あなた、おぼえてる？　いつもだれかに恋してる、でしょ？　あなたはいまでも、サン・ラサロの村祭りでわたしが出会ったあの少年なの？　わたしはいまでも、ちいさなアボカドの木の下であなたがキスしたあの少女なの？　あのころが遠いむかしのような気がするね、ミリアーノ。

わたしたちはこの体を引きずっている。あなたにも、わたしにも、現実のいまのわたしたちには、まったく関係のなくなったこの体を。喜びと苦しみをあたえてくれた、ふたりのこの体。でも、わたしは意志の力でじぶんの体を明け渡すことを学んだよ、わたしたち、愛しあって、たがいに相手のなかで我を忘れてしまわなければ、じぶん自身からすっかり自由にはなれないみたい。我を忘れるときは、ちらっと天国らしきものが見える。そんな一体感がえられたときは、ただのイネスとミリアーノじゃなくて、じぶんの生命よりもっと大きななにかになれる。そして許すことができる、最後は。

あなたとわたし、わたしたち。じっくり話をしたことなんてなかったね？　悲しいのは、あなたが話す術を知らないこと。唇を使って話をする代わりに、ふたりが寝ているとき、あなたは片方の脚をわたしの体に絡ませて、だいじょうぶだってわたしに教えようとした。そうやってわたしたちは眠りにおちた。片方の手や、脚や、そのおサルさんみたいな長い足でわたしに触れながら、あなたの足をわたしの足のくぼみに入れて。

そんなちいさなことを忘れてないなんて、驚いた？　忘れてないことがたくさんあるの、忘れたほうがいいことまで、わたしはおぼえている。

イネス、この俺がおまえにかけてきた愛と引き替えにしてもか。そういって父さんが懇願したとき、わたしがどう感じたか、あなたには想像もつかないでしょ。心のなかに冷たい水が流れこむように痛みが走ったことを、その流れのなかにはいつかこんな日々がやってくる予感があったことも。でも、わたしはなにもいわなかった。

父さんはいったわ。そんならしかたがないな、哀れなやつだ。なんのことはない、おまえはただの雌犬《ペラ》だったのか。そういうと父さんはくるりと背を向けて行ってしまい、わたしにはもう父親がいなくなった。

あの夜ほどじぶんがひとりぼっちだと思ったことはなかった。持ち物を肩掛け《レボソ》にくるんで、暗闇のなかを駆けだした。そして、ハカランダの木の下であなたを待っていた。しばらくは、ふりしぼる勇気もなかった。来た道をもどっていって、大声で叫びたかった。「父さん《アパー》」そういって許しを乞いたかった。家に帰って、サトウキビの茎で作った壁にたてかけてある、寝ござ《ペタテ》の上で眠り、夜明け前に起きて、その日のトルティーヤのためのトウモロコシのしたくをしたかった。

雌犬《ペラ》。あのことば。父さんが吐きだすようにいったあの口調、まるで父さんが長年かけてくれた愛情をわたしが裏切ったとでもいうような、あのひと言。父さんはじぶんの心の扉をぜんぶバタンと閉じてしまったみたいだった。

父親の怒りからどこに身を隠せたっていうの？　わたしのことを悪くいう聖人たちの目と口をふさぐことはできたけれど、あのことばに耳をふさぐことはできなかった……雌犬《ペラ》。わたしの愛する父さんは、およそとりつくしまがなかった。

あなたはわたしが父さんのことを話すのが好きじゃないんだ、ね？　わかってる。あなたと父さんは絶対に……父さんの左眉毛についてた大きな傷のことおぼえてる？　子どものころ、ラバに蹴られたところ。そう、蹴られたの。チュチャおばさんがいうには、父さんがときどきラバみたいなふる舞いをするのはそのせいだって……でも、あなたも父さんとおなじように頑固だね、ラバに蹴られたわけじゃないのに。

本当に、父さんはあなたのことが好きじゃなかった。あなたがこのあたり一帯の小作農家《ランチェリトス》相手に家畜の売買をはじめたころから。メキシコ市で馬屋を営むようになったころには、だれもあなたのことを話さなくなった。あいつはもう藁葺きの屋根の下で寝ようなんて思ってないさ、と父さんはいった。あいつは騎手《チャロ》だから、百姓《カンペシーノ》の白い木綿なんて着ないんだ。そしてつぶやくように、でもわたしに聞こえるようにはっきりと、あいつにはじぶんのクソがどんな臭いがするかわかってない、といった。

わたしはいつも、あなたと父さんは完璧な敵同士だと思っていた。だってふたりはとてもよく似ていたから。でも、父さんはあなたとちがって、兵士としては役立たずだった。あなたにはいわなかったけど、政府が父さんを軍隊にとったことがあったの。あなたがカランサ派との戦いで忙しかったころ、父さんはグアナファトへ送られた。北部でパンチョ・ビリャの軍勢が暴れまわっていたころのことよ。父さんはアメカメカより遠くへは行ったことがなかったのに、白髪まじりで体も弱っていたのに、それでも連れていかれた。死体が道端に石のように積みあげられていたころのこと。あのころは男も女も、だれも安心して通りに出られなかった。

食べるものがなにもなかった。チュチャおばさんが熱病にかかっていて、だからわたしがみんなの面倒を見ていた。父さんが、テネスカパンに住む弟のフルヘンシオのところへ行って、トウモロコシがあるかどうか見てこなくちゃならん、といった。マレニータを連れてって、子ども連れならきっと手出しはしないからとわたしはいった。

そういうわけで父さんはマレニータの手を引いてテネスカパンへ向かった。でも、夜になっても、ふたりは帰ってこない。それで、どうなったか、わかる？　泣きわめくマレニータを連れてドアをたたいたのはやもめのエルピディアさんだった。男たちが鉄道の駅に連れていかれてしまったって。南の労働キャンプ？　それとも北の戦場？　チュチャおばさんがきいた。わたしは、神さまがそうお望みなら、父さんは無事なはずよ、というのが精一杯だった。

その夜、チュチャおばさんとわたしはこんな夢を見た。父さんとフルヘンシオおじさんが米の脱穀所の裏壁にもたれて立っている。だれが住んでる？　そうきかれても、間違ったことをいわないようにするため返事をしない。やつらを撃て、政治の話はそのあとだ。兵士が撃とうとした瞬間、戦争になる前から父さんの知り合いだった将校が、馬に乗って通りかかり、放してやれ、と命令する。

それからやつらは、父さんとフルヘンシオおじさんを鉄道の駅まで連れていって、ほかのみんなといっしょに貨車に詰めこんだ。グアナファトに着くと外に出されて、銃をそれぞれあてがわれてビリャ派を撃ち殺せと命令された。

銃殺執行隊やらなにやらで、怯えきった父さんはすっかり人が変わってしまった。グアナファトでは、父さんを陸軍病院へ送りこまなければならなかった。父さんは肺をやられていた。彼らは治療のために父さんの肋骨を三本も摘出して、どうにか旅に耐えられる程度に回復すると送り返した。

乾季のあいだずっと、父さんは、胸の裏側にあいた穴で息をしながら生きていた。あのころ、わたしは父さんの傷にねばねばした松脂を塗って、毎朝きれいな包帯を巻いてやらなければならなかった。ぱっくり開いた傷口から、ウチワサボテンの果汁みたいな汁がにじみでていた。ねばねばして、透明で、枝についたまま朽ちてしまったマグノリアの花みたいに、あまったるくて気持ちの悪い臭いがした。

チュチャおばさんとわたしは、できるだけのことをして父さんを看病した。するとある朝、鳥のチャチャラカが家のなかに飛びこんできて、バタバタと天井にぶつかった。おばさんとふたりがかりで毛布や箒でようやく追い払った。ふたりともなにもいわなかったけれど、長いあいだそのことを考えていた。

次の新月になる前に、わたしは教会でロザリオのお祈りをしている夢を見た。手のなかにあるのはガラス玉でできたじぶんのロザリオではなくて、人の歯でできたロザリオだった。思わずそれを取り落とすと、歯は、糸が切れた真珠の首飾りのように、床石にはね返ってころがっていった。鳥と夢、もうそれで十分だった。

父さんが最後に母さんの名前を呼んで死んだとき、その一音一音が、もうひとつの口から、息を吸って吐きだすような音をたてた。溺れ死ぬ人のように、父さんは最後の息を、致命傷となったその傷口から吐きだした。

母さんが父さんのイニシャルを刺繍してあったハンカチで、摘出した三本の肋骨を包んで、ラバが蹴った左眉毛の下の傷痕といっしょに、父さんを埋葬した。

八日間、人びとがやってきてはロザリオのお祈りをあげてくれた。司祭はとうのむかしにみんな逃げだしていたから、祈禱師《レサンデロ》にお金を払ってお葬式のお祈りを唱えてもらった。チュチャおばさんが石灰と砂で作った十字架を横にして寝かせておき、花と誓願用の明かりをお供えして、九日目におばさんがその十字架を起こして、父さんの名前を呼んだ。レミヒオ・アルファロ。すると父さんの魂が飛びたって、わたしたちから離れていった。

でも、父さん、わたしたちのことを許してくれないと思う。

あの頑固じいさんが、ふたりのことを許してくれるころには、俺たちはもう死んじまってるよ。駈け落ちしたほうがいい。おやじさんも永久に怒ってるわけにはいかないさ。

死にぎわになっても、父さんはあなたのことを許してなかった。きっとあなたも父さんのことを許してないよね、父さんが政府に苦情を訴えたことも。父さんはただ、ちょっとあなたを脅かしたかっただけ、わたしのことで責任があることをあなたに思いださせたかっただけなの、だってあたしにはあなたの赤ん坊ができてたから。あなたが騎兵隊に参加させられるなんて、だれも想像できなかったし。

父さんの代わりにわたしが謝るわけにはいかないけれど、そうね、どう考えたらいいんだろ、ミリアーノ？　あなたがいなかった何か月か、プエブラ州に身を隠していたあのころ、抗議文に署名したためだったね、村人のたたかいを組織して、村を守るための仕事だった。わたしは舟みたいに大きなお腹をして、ニコラスが生まれてくるのをいまかいまかと待っていた。あなたはどこにもいない。お金も送ってこない。伝言さえなかった。わたしはひどく若くて、ほかにどうしていいのかわからなかったから、石とアドベ煉瓦でできたわたしたちの家を出て、父さんの家にもどった。わたしのしたことはまちがってた？　教えて。

父さんが怒鳴り散らすのはがまんできたけど、わたしは赤ん坊のことが心配だった。お腹に手をあてて、そっとささやいてた……おまえは月の光がやさしいときに生まれてくるんだよ、満月の下では木の枝だって伐らなくちゃならない、そうすれば強く育つからって。そして次の満月には、わたしは赤ん坊を産んでいて、チュチャおばさんが、わたしたちのハンサムで、強い肺をした男の子を取りあげたんだ。

植え付けの季節が二度めぐり、三度目の準備をしていたとき、あなたが騎兵隊からもどってきて、初めて息子と会ったんだ。あなたは政治のことはみんな忘れてしまったと思ったのに。だから、わたしたちはそのまま暮らしていくものと思ったのに。でも、その年の暮れにはもうパトリシオ・レイバを州知事にするためのキャンペーンに陰でかかわるようになっていた。政府とのごたごたも、父さんとのことも、とるに足りないことみたいだった。

金のイヤリングをくれたの、おぼえてる？　結婚のお祝いに。でも、あなたはいったわ。俺はおまえと結婚するなんていわなかったぞ、イネス。一度も。金と銀の線細工のふたつの輪にちいさな花の縁飾りがついていた。政府軍がやってきたとき、わたしはそれを埋めておいて、あとから取りに行った。でも、食べるものがなんにもなくなったとき、茹でたトウモロコシの毛しかなくなったとき、そのイヤリングを売らなければならなかった。それしか売るものが残ってなかったから。

一度も。あなたがそのことばをわたしに投げつけたとき、わたし、ちょっと気が狂いそうだった。そのことばは、ものすごい力をもっていたから。

でも、ミリアーノ、あたしはそう思ったの……

おまえがバカだったのさ、そう思ったなんて。

もう何年もむかしの話だけど。心にもないことをいうなんて、ふたりとも悪いのよ。一度もいわなかった……わかってたわよ。あなたがそんなこと聞きたくないのはわかってた。

じゃ、いまのわたしはいったいあなたのなんなの、ミリアーノ？　わたしのところから出てくときは？　あなたがためらうときは？　迷ってるときは？　このあいだ、ちっちゃな、ちっちゃなため息をついた。あれはどういう意味だったの？

あの女たちのことは、どういうことなの？　わたしがそういって不満をもらしたとき、予想どおりに、あなたは……イネス、そんなことしゃべってるときじゃないんだ……あとでな、待ってろ、といった。でも、ミリアーノ、あなたが話してくれるのを待ってるなんて、もう疲れてしまった。

アーイ、あなたにはわかってない。あなたはことばを知ってるくせに、それをいわないんだ。男って、じぶんの心がわかってないよね。じぶんの心を手中におさめているときでさえ。

俺には家畜がある。親父が残してくれた金も少しある。クアウトラに俺たちのために石とアドベ煉瓦で家を建てる。いっしょに暮らせるようになるぞ。それから、そのうち……。

ニコラスは二頭の牛に夢中。ラ・フォルトゥーナとラ・パロマ。あの子も男だからな、そういってあなたは、誕生日のお祝いに二頭あたえたのよね。じぶんが十三歳のときは、もういっぱしに農場の動物を売り買いしていたものだって。動物が働きものかどうか調べるためには、背中をくすぐる、だよね？　くすぐっても、あまりいやがらなかったら、動こうとしなかったら、その動物はなまけもので将来ほとんど役に立たない。ね、わたしはあなたからずいぶんそういうことを学んだわ。

クエルナバカで見た馬のこと、おぼえてる？　だれかがその馬を二階の寝室に隠してた、あんまり長いあいだ閉じこめられてたもんだから、気が立っていた。その馬が金色の縁のついたベルベットのカーテンから頭を突きだしたちょうどそのとき、あなたが馬に乗ってそばを通りかかった。すごくきれいな馬がそんなふうにバルコニーから姿をあらわした。ちょうどセレナードでも聞こえてこないかと待っている女みたいに。あなたは大笑いして、冗談めかして、その馬のことをラ・コケトーナ、浮気女って呼んだの。おぼえてる？　ラ・コケトーナ、そうよ。

サン・ラサロの村祭りであなたに出会ったころ、あなたはモレロス州では馬の扱いがいちばんうまいって評判だった。農場主はこぞってあなたを雇いたがった。遠いメキシコ市からも口がかかった。騎手《チャロ》のなかの騎手《チャロ》。あなたは家畜や馬を買っては売った。思うようにいかないときは畑仕事を少しやった。兄さんのエウフェミオがじぶんの相続した金を使い果してしまい、ちょくちょくお金を借りにやってきたけど、あなたはいつも自力でやってることを自慢していたね？　これまでの人生でいちばん幸せだったのはスイカの収穫で六百ペソ稼いだときだって、前に打ち明けてくれたことがあったね。

わたしのいちばん幸せな思い出はね、わかる？　もちろん、あなたといっしょに暮らしはじめた夜のことよ。あなたの肌がスイカの皮みたいにあまい匂いがしたのをおぼえてるの。雨あがりの畑みたいな匂い。じぶんの人生は、そこから、その瞬間からはじまる、そう思いたかった。あなたのほっそりとした少年のような体が、わたしの体にうまく乗った瞬間。あなたの体は、まるで軽いバルサ材でできてるみたいだった。あなたが舟でわたしが川になったようなあの瞬間。父さんと別れるときに胸に刺さったことばなんて、そのうち消えてしまう日がくるんだと思ったものだった。

これまでにさんざん苦労もしたし、心がマヒして死体のように干涸びてしまうようなこともたくさんあった。でも、わたしたちは生き延びた。草とトウモロコシの穂軸を食べて、腐った野菜さえ食べて。伝染病もひどかった。連邦政府軍《フェデラレス》や脱走兵や山賊に負けないくらい危険だった。それが九年も続いて。

クァウトラではものすごい数の死人が出て、ひどい悪臭がした。ニコラスは外にでかけると薬莢を集めて遊んだり、死体が塹壕に埋められるのを見たりしていた。五人ほどの連邦政府軍の兵士の死体が広場《ソカロ》に積みあげられたことがあったのね。わたしたちはポケットの中身をさぐってお金とか宝石とか、なんでもいいから売れるものがないか探した。死体を焼いたときは脂肪が筋になって流れ落ちて、死体が飛びはねたりぴくぴく動いたり、起きあがるんじゃないかと思ったくらい。それからニコラスは悪夢にうなされるようになった。わたしもじぶんのしたことが、恥ずかしくてあの子にはいえなかった。

最初、木から吊された死体を見るのは耐えられなかった。でも何か月かするうちに慣れてしまうものなのね。まるまった死体が太陽にさらされて、日毎に干涸びていく。イヤリングみたいにぶらさがって。そしてもうぜんぜん怖いなんて思わなくなって、平気になってしまうの。それって最悪、きっとそう。

あなたの妹が、ニコラスはこのごろあなたに似てきたっていう。神経質で口がたっしゃで、突然まき起こる砂嵐とか、飛びはねる火花みたいだって。あなたが第七騎兵隊と遠征していたとき、チュチャおばさんとわたしはよくニコラスの口のなかに煙を入れたものだった。早くことばがしゃべれるようになるといいと思って。あの子とおなじ年の赤ん坊はみんなおサルさんみたいにバブバブいってるのに、ニコラスはぜんぜんしゃべらなかったから。あなたの一族に特有の、あの目をして、いつもわたしたちのあとをついてまわっていた。あれはアルファロ家の目じゃない、と父さんがいっていたのを思いだすわ。

あなたが、騎兵隊から帰ってきた年、あたしとあの子を呼びよせて、石とアドベ煉瓦の家でいっしょに暮らすようになった。あなたが結婚のことをいいださないから、ふたりの結婚のことはわたしから問いただしたりしてはいけないんだって思った。そういうことよね。ただそれだけ。何週間も逢いにこなかったあいだ、あなたはどこにいたんだろう、そう思ったけれど。それに、どうして、やってきても一晩か二晩しかいないのか、それも、日がすっかり落ちてからいつもやってきて、夜明け前には行ってしまう。どうしてなのかと思ったけれど。わたしたちの暮らしは以前とおなじように続いた。夫にするならあの人でなければと思っていたから。

パトリシオ・レイバのキャンペーンにかかわりはじめたとき、何週間もずっと逢えなかったね。ときどき、わたしは息子をつれて父さんの家にもどっていた。そのほうがさびしくなかったから。ほんの一晩か二晩だけだから、とじぶんにいいきかせて。なつかしい台所の隅の、サトウキビの茎で作った壁のところに寝ござ《ペタテ》を広げた。わたしの夫が帰ってくるまでだからって。でも数晩が数週間になり、数週間が数か月になっていった。煉瓦の屋根でできた家より、父さんの藁葺き屋根の下ですごすほうが多くなった。

そうやって何週間か何か月かがすぎて。あなたは町議会議員に選ばれた。仕事は土地の権利証書を守ることだった。それから、今度は土地を分配する仕事をした。そうやって、クアウトラ川の上流や下流の村々にあなたの名前が知れわたるようになった。あっちでもサパタ、こっちでもサパタ。どこへ行ってもその名を耳にした。そのたびに、太陽をさえぎる雲のように、不安の種がわたしの心のなかで芽生えていった。

あのころは心を乱すこの種子をかみしめながら、トウモロコシを挽いたものよ。川辺で洗濯をしながら女たちがおしゃべりしていることなんか無視するふりをして。女たちはあなたには何人も浮気相手がいるといっていた。ビヤ・デ・アヤラのマリア・ホセファとかいう女。そういって彼女たちはどっと笑った。でも、もっと辛かったのは、あなたがやってきて、わたしの隣で寝ている夜だった。わたしはまんじりともせずに、じっとあなたを見つめていた。

日中は、悲しいことにもがまんできた。夜明け前に起きだして、その日のトルティーヤの用意をしたり、七面鳥の世話や、薬草を植えたり摘んだり、毎日の雑用で忙しかったから。息子は長ズボンをはける年齢になって、ちょっと目を離すとすぐに、ありとあらゆる厄介ごとに首を突っ込むようになって。日中はあれやこれやで気をまぎらすことがいっぱいあった。でも夜は、あなたには想像もつかないでしょ。

チュチャおばさんがヨロショチトルを飲ませてくれた。「心花茶」、マグノリアの木から採った花。やわらかい花びらは、筋がなくて舌のよう。ヨロショチトル。フロル・デ・コラソン。かすかにバニラと蜂蜜の香りがする心の花。乾燥させた花で強壮剤を作って、それに卵の白身をまぜてこしらえた軟膏を、おばさんはわたしの心臓の上のやわらかい肌に塗ってくれた。

雨の季節だった。ポトン……ポトン、ポトン。夜中、わたしは糸の切れた真珠が落ちるようなその音を聞いていた。ひとつ、ふたつ、また、ひとつ。油を塗ったわたしの心臓の葉の上に落ちてころがる音を。

悲しみに心のなかを蝕まれるようにして、わたしは暮らしていたのよ、ミリアーノ。そのうちいつか、なんてないんだ。そう思ったわ。悲しみがどうしても消えないと思ったとき、わたしは、干したハチドリをあなたのハンカチで包んで、それを持って川まで行った。そして、ちいさな声で、聖母マリアさま、お助けください、といってそれにキスして、ハンカチごと川のなかに投げ入れた。一瞬それは流れに消えて、また浮きあがり、泡を立てながらくるくると渦を巻いて流れていった。

あの夜、わたしは心臓がぐるぐる渦を巻き、胸のなかがドキドキと脈を打ち、まぶたの裏がひくひく震えて一睡もできなかった。じぶんが家の梁をくるくる旋回しているような気がして、目を開けると暗闇のなかにくっきりと見えた。わたしの下に……みんながぐっすり眠っているのが見えたの。わたしもそこで眠っていた。台所の壁の寝ござ《ペタテ》のところで。あの子もわたしのとなりで眠ってたわ。父さんとチュチャおばさんも、それぞれ、家の隅のほうで眠っていた。それから部屋がぐるぐるまわりだして、一回、二回、そのうちわたしは星空の下に出ていた。ちいさなアボカドの木の上を、家と家畜用の柵の上を飛んでいたのよ。

悲しかったり、うれしかったり、渦巻きみたいなふたつの感情がかわるがわる襲ってくる、変に興奮した夜だった。わたしは干したサトウキビの葉を葺いた屋根の上を、ぐるぐると何回もまわった。あたりは真昼の太陽が照りつけるように明るかった。そして夜明けがきて、じぶんの体を残してきたところへ飛んで帰り、ニコラスのそばの寝ござの上で、我慢強く待っていたじぶんの体にもどった。

夜毎、どんどん遠くまで飛べるようになっていった。でも日中は、じぶんのなかにいっそう深く引きこもるようになって、わたしは夜の飛翔だけのために生きていた。父さんはチュチャおばさんにそっと、あの子は目が見えないんじゃないのか、心もなにも感じないみたいだぞっていってた。でも、わたしの目は見えていたし、わたしの心は傷んでいた。

ある夜のこと、わたしはトウモロコシ畑《ミルパ》の上を飛び、開墾地《トラコロル》を越え、深い谷《バランカス》や茨の生い茂った森の上を抜け、粗末な小屋《ハカレス》の藁屋根や女たちが洗濯をする小川をすぎて、色鮮やかなブーゲンビリアも越え、大峡谷の上高く、稲とトウモロコシの畑を横切りながら飛んでいた。下のほうで、ずんぐりしたバナナの木が大きく揺れていた。冷たい水の流れる川が見えた。水があんまり苦いので、海から流れてくるんじゃないかとみんながいってる川も見えた。飛びつづけていると、町の広場のまんなかで小高い月桂樹の木立がさわさわと葉を揺すっていて、あたりには水漆喰の家が満月の光の下でアワビ貝の内側のように青く輝いていた。そしてわたしの翼も青く、テコローテの、フクロウの翼のように、音ひとつたてなかった。

　窓際のタマリンドの木の枝に降りたつと、あなたがビヤ・デ・アヤラのあの女の隣で眠っているのが見えた。あなたの妻のあの女が、あなたのそばで眠っていたの。女の肌が月明かりのなかで青く輝いていて、あなたもおなじように青かった。

　その女は想像していたのとはぜんぜんちがっていた。近づいて、その髪をよく見たのよ。ふつうの女の匂いのする、ふつうの女だった。女が口を開けて呻いた。するとあなたが、女をそばに抱き寄せた、ミリアーノ。そのとき、わたしはこの体の内部で烈しい痛みを感じたよ。あなたがたふたりが眠っているようすを見て。あなたはあたたかい脚で女の脚に触れながら、片足を女の足のくぼみに入れていたんだ。

＊

その女の子どもたちを死なせたのはわたしだって、みんながいってる。嫉妬から、ねたみからだって。あなたなら、どういう？　息子も娘も、乳離れしないうちに死んだ。あの女はあなたの子はもう産めない。でも、わたしの息子と娘は生きている。

こっちが売り値をいうと、客が立ち去ったとする。それでも客がもどってきたら、そのときは売り値を上げる。客のほしいものがこっちにはわかっているから。それが、あなたが馬を売り買いしていたころ、あなたから学んだことだった。

あなたはあの女と結婚した。ビヤ・デ・アヤラ出身のあの女と。本当に。でも、ほら、あなたはわたしのところへもどってきた。いつだって、ここへもどってくる。どんなにほかの女のあいだをうろうろしても。それがわたしの魔術。あなたはわたしのところへもどってくるのよ。

この前あなたがやってきたのは木曜だった。あの女のベッドからあなたをグイッと引きもどしてやった。あなたを夢に見て、目が覚めたらあなたの魂がふわふわと部屋からさ迷いでたのが、はっきりとわかった。あなたを前の眠りからぐいと引き寄せて、わたしが見ている夢のなかへ引きこんだ。指に髪の毛をくるくる巻いて絡みつかせるみたいにして、あなたをねじり取ってやった。いとしい人、あなたは心を鳥でいっぱいにしてやってきた。わたしの命令に従わないときは、来いというのにやってこないときは、わたしはテコローテの、フクロウの魂になって、あなたの家の戸口に生えてる紫のハカランダの咲く大枝で、一晩中、見張っているよ。あなたが眠っているあいだ、だれもわたしのミリアーノを傷つけたりしないように。

*

あなたが使いの者に手紙をことづけてよこしてから何か月になるんだろう？　薄い縮んだ紙は、まるで涙でできてるみたいだった。

わたしは陶器のボウルのなかでコーパルを燃やして、その煙を吸いこんだ。メヒカーノの言語《ことば》で古代の神さまにお祈りを唱え、スペイン語で聖母マリアさまにアベマリアといって感謝した。あなたがわたしたちの家にもどってくるところだったから。石とアドベ煉瓦の家に風を入れて、きれいに掃除をした。毎夜あなたを夢に見てからずっと灯しつづけてきたロウソクのあまい匂いがたちこめてる。ニコラスがぐっすり眠ったころに、馬の蹄の音がした。

ふたりのあいだでは沈黙がことばの代わり。抱き締めると、あなたは雨にうたれる木のように震えた。アーイ、ミリアーノ、思い出すと、それが、つらい日々をやりすごすのを助けてくれる。

あの女に、わたしのことをなんていったの？　ホセファ、おまえを知る前のことさ、俺の人生では、イネス・アルファロとのことはもう終わってるんだっていったの？　でもわたしは終わらない物語だからね。一本の糸を引っ張ると、布はぜんぶほどけてくる。

あなたがニコラスのことでやってくる直前、あの子は病気になった。嫉妬のせいでかかる病気だった。もう大きな男の子になっていた。本当よ。わたしにまた赤ん坊ができていたから。マレーナはすごく静かに生まれた。わたしのお腹のなかにあの子ができたときのことを、あの子がおぼえているから……煙のように絡まりあった夜々のことを。

あなたとビヤの女が意気揚揚とメキシコ市の通りを行進していた。あなたの帽子は、かわいい女の子たちが投げてよこす花で埋まっていった。帽子のつばが重く垂れ下って、花籠のようだった。

わたしはわたしたちの娘に母さんの名前をつけた。マリア・エレナ。父さんの反対を押し切って。

*

あなたには浮気相手が何人もいた。そういううわさだった、でしょ？　何人も浮気相手がいたんでしょ。わたしの半分ほどの年の娘も、ベッドに連れこんだ。わかってるよ。ニコラスとおなじ年の娘さえも。あなたはたくさんの母親を泣かせてきたんだ。みんなそういってる。

うわさじゃ、ホフトラに女を三人いっしょに、おなじ屋根の下に住まわせてるって。で、あなたのその女たちはまれにみる仲のいい関係で、姉妹のように、革命という大いなる目的を信じて暮らしてるって。わたしにいわせれば、そんなのぜんぶくそくらえよっ！　そんなこと書く新聞記者も、そんな女たちを産んだ母親も。あいつら、わたしに聞きにきたことがあった？

あのバカな田舎者の娘たちが、どうして逆らえるっていうの？　偉大なるサパタが優雅な騎手《チャロ》の衣装に身をかためて、見事な馬にまたがってやってきたら。つば広のソンブレロがあなたの顔のまわりで光輪のようになっていたら。あなたは彼女たちにとってはただの男じゃないんだから。伝説とか、神話とか、神さまみたいなものなんだから。でもあなたはわたしの夫でもある。ときどきの夫だけど。

恋をした女はどうしたら幸せになれるかって？　わたしたちは愛するのとおなじ強さで憎み、憎むのとおなじ強さで愛するの。それがわたしたちの、わたしの一族の女のやり方。不正は絶対に忘れない。どんなふうに愛するか、わたしたちは知っている。どんなふうに憎むかも知っている。

わたしの夢のなかに、あなたのほかの子どもたちが出てきた。マリア・ルイサはキラムラのグレゴリア・スニガの子、双子の姉ルスがあなたの子を産まずに死んだあと生まれた。トラティサパンのディエゴは、じぶんのことをミセス・ホルヘ・ピニェイロと呼んでる女が産んだ子。クアゥトラのアナ・マリアは、雌ヤギのペトラ・トーレスから生まれた子。マテオはだれの息子かわからない。ヘスーサ・ペレスはテミルパの産んだ子。あなたの子どもはみんな、あのサパタの目をして生まれてきた。

わたしにはちゃんとわかってる。あなたがこの腕のなかで揺すられて眠るようす。すすり泣きたくなるほどの快楽をあたえてくれる愛し方も。その胸の震えをどう鎮めたらいいかわかっているから、あなたを抱いて、抱き締めて、その目がじっとわたしを見つめるまで抱き締める。あなたの目。アーイ! あなたの目。歯をもった目。黒曜石のようにきつい目。これからの日々も、未来《エル・ポルベニル》も、そして過ぎ去った日々も、その目のなかに宿っている。その険しい眼差しの下に、古代から受け継がれたなにかが、雨のようにやさしいなにかが、宿っている。

ミリアーノ、ミリアーノ。ニコラスやマレニータがちいさかったころ、寝つかないときに歌ってやったあの歌を、あなたにも歌ってあげるね。

*

戦争の季節、ときたま静かな時期があって、それからまた次から次へと戦争が続く。連邦政府軍《フェデラレス》がやってきたら走って丘へ逃げる。行ってしまうとまた村に帰る。

戦争になる前は、若い娘や既婚の女たちを追いかけるのは地主《カシケス》と決まっていた。手当たり次第に手をつけたものだった……土地、法律、女。あの恥さらし《デスグラシアド》なポリカルポ・シスネロスが、キンテロの娘の腕のなかで発見されたときのこと、おぼえてる？　まったく、信じられない《ビルヘン・プリシマ》！　娘といったって、まだたった十二歳の子どもだったんだから。で、男のほうは？　とっくに八十歳は越えてたと思う。

　恥さらしなやつら《デスグラシアドス》。徒党を組むやつらはみんなわたしたちの敵だよ、でしょ？　連邦政府軍《フェデラレス》も、地主《カシケス》も、おなじ穴のむじなだ。わたしたちのニワトリを盗み、夜になると女を盗む。あいつらに連れ去られるとき、女たちは耳をつんざくような長い叫び声をあげたものだよ。朝になって女たちが帰ってきたら、まるでなにも起きなかったみたいに、こんにちわ《ブエノス・ディアス》、とわたしたちはいったんだ。

　戦争がはじまってからは、家畜小屋で寝ることにも慣れてしまった。丘でも、林でも、蜘蛛やサソリのいる洞窟のなかでだって眠ったわ。連邦政府軍がやってきたら、わたしたちはできるだけうまく隠れる。岩陰とか深い谷《バランカス》とか、背後になにもないときは松の木や丈の高い草のなかに隠れる。山のなかにサトウキビの茎で避難所を作ることもあった。高地の寒いところに住んでる人たちが、サトウキビからとった砂糖であまくしたお湯をくれたこともある。そこでまた少し力がついてくるまで、太陽の光で体が暖まって村におりていけるようになるまで、じっとしていた。

　戦争になる前のことだった。チュチャおばさんが生きていたころ、わたしたちはあちこちの町の市場に露店を出して暮らしていた。ニワトリ、七面鳥、布、コーヒー、丘で集めたり庭で育てたりした薬草を売った。そうやってわたしたちの日々はすぎていった。

わたしはパンとロウソクを売った。あのころはトウモロコシと豆を植えて、たまにコーヒーも収穫した。どんなものでも売った。動物を売り買いするこつもおぼえた。いまじゃ開墾地《トラコロル》の仕事だってこなす。これが最悪だけど。山刀《マチェーテ》や鍬を使うから手や足が切れて腫れる。

見捨てられた畑で、たまにサツマイモや、スカッシュや、トウモロコシを見つけることもある。それを生のまま食べる。あんまり疲れていて、お腹が空きすぎてて、なにかを料理する気力もなくて。鳥みたいに、木からじかに摘めるものは摘んで食べた……グワバ、マンゴー、タマリンド、アーモンド、熟する季節になるとかたっぱしから食べた。トルティーヤにするトウモロコシがなくなって、穀物が一粒もないときは、トウモロコシの穂軸や花を食べてすませたこともある。

使いなれた石の棒《メタテ》も、上等のショールも、すてきなウイピル〔ゆったりした袖なしチュニック〕も、線細工のイヤリングも、売れるものならなんでも売った。ようやく買えたひと握りのトウモロコシは単位あたり一ペソ半もした。それを水にひたして茹でてつぶして、冷ますひまも惜しんでトルティーヤにして、マレニータに食べさせたんだ。だって、この子はいつもお腹を空かせていたから。残ったら、わたしが食べた。

チュチャおばさんが熱い地方に特有の肺の病気になってしまった。おばさんの知ってる治療法も試してみたし、グアカマヤというコンゴウインコの羽や、卵、ココア豆、カモミールオイル、ローズマリーを使うわたしの療法もやってみたけど、どれも効かなかった。泣いてばかりいちゃだめだ、そう思った。母方の血筋の者はみんな死んで、いなくなってしまったけど、考えなければいけない娘がいた。生きていくほかない、辛抱する《アグアンタル》、それしかなかった。悲しみが消えるまで。アーイ、なんてひどい時代だったろう。

わたしは生き延びていく、身を隠して、なんとかしてマレニータの命を救うために。ほんのわずかな作物を育てて、それでなんとかやっていく。政府軍は、トウモロコシも、ニワトリも、わたしの自慢の七面鳥もウサギも、ぜんぶ持っていってしまった。だれもかれも順ぐりにわたしたちを痛めつけにきた。

あいつらが、わたしたちのあの家を焼いたときの話をするね。あなたがふたりのために買ったあの家を。わたしは病気で熱があった。頭痛がして、ふくらはぎが両方ともひどく痛かった。ノミ、赤ん坊の泣き声、遠くで銃声がして、だれかが政府軍《エル・ゴビエルノ》だ、と叫んでいた。頭のなかで馬の蹄の音が大きくなっていって、あっちでもこっちでも叫び声がして、部隊に追いつくために行ってしまう者がいたり、ここにとどまる者がいたり。やっとの思いで足をひきずるようにして、わたしは丘をのぼった。マレニータはいつもの疳の虫《コラヘス》を起こして歩きたがらなかった。ブラウスの襟をしゃぶりながら泣いていた。しかたなく背負うと、あの子はちっちゃな足でずっとわたしの背中を蹴りどおしだった。固くなったトルティーヤを半分あたえて食べさせるとの虫がおさまったのか、やっと眠ってくれた。太陽が強く照りつけるころには、遠くまで行けたのでほっとしたけれど、もうふらふらだった。ひんやりしたマレニータの体をわたしの燃えるように熱い体で抱いて、夢さえ見ずに眠った。目が覚めると、あたりに星がいっぱい出ていて、その星をたよりに村まで帰りつくことができた。

村はすっかりやられて、じぶんたちの村とは思えなかった。木々や、空を背にした山々、土地は、そういった風景はそっくり残っていたけれど、村はもう村ともいえないほどだった。なにもかも弾痕だらけで、めちゃめちゃに壊されていた。わたしたちの家は屋根瓦が消えていた。壁にはぼつぼつと黒い穴があいていた。鍋も水差しも皿も、ぜんぶたたき壊され、ショールや毛布は引き裂かれて踏みつけられていた。貯えておいた種や、その年、取り分けておいたものが播き散らされていた。小鳥がうれしそうにそれをついばんでいたよ。

ニワトリ、牛、豚、山羊、ウサギ、みんな殺されてしまった。犬さえ情け容赦なく、木の枝に吊されていた。カランサ派のやつらがなにもかも壊していったんだ。ここじゃ石さえもサパタ派だからな、といって。壊されなかったものは女たちが持ち去った。やつらのあとから降りたった女たちが。まるでコンドルの大群がやってきて獲物をきれいさっぱりついばんでいくように。

あの女のせいだ、帰ってきた村の人たちはそういった。妖術師《ナグアル》だ。魔女《ブルハ》だ、といって。わたしはじぶんがひとりぼっちだってことが、いやというほどわかった。

ミリアーノ、これからあなたにいおうとしていることは、あなただけにいうことなの。いままで、だれにもいったことがなかったこと。あたし、どうしてもいわなければならない。この心から外に出してしまわないと、心が休まるひまがないから。

　みんながいうには、わたしは子どものころ、嵐のように雹を降らせて、生えてきたばかりのトウモロコシを台無しにしたことがあるんだって。すごくちいさかったから、じぶんじゃおぼえてないんだけれど。テテルシンゴでは、みんなそういってる。

　あの数年は収穫が少なくて、とりわけ厳しい時代だったから、みんなはわたしを生木で焼き殺そうとした。でもわたしの代わりにあいつらは母さんを殺した。でも生木は使わなかった。母さんがうちの戸口まで運ばれてきたとき、わたしは死ぬほど泣いた。ぐあいが悪くなって、何日も病気になった。わたしが虫を吐いたとみんないうけど、じぶんではおぼえてない。熱にうなされて見た恐ろしい夢のことだけはおぼえているけど。

　チュチャおばさんがコショウボクとエニシダの枝を使って治してくれた。それからずっと長いあいだ、脚にボロ布が詰まったような感じがして、紫色のちいさな星がちかちかとまたたいて、くるくるまわっているのが見えたけど、手がとどかなかった。

よくなって、ようやく外に出られるようになると、押し花にしたペリコンの花で作った十字架が村中の家の戸口についていた。トウモロコシ畑《ミルパ》にまで。それからずっと、村の人たちはわたしを避けつづけた。口をきいてもらえなかった。そうやってわたしを罰していたんだ。トウモロコシを台無しにする雹のように、ひどいことばを投げつけてわたしの母さんを罰したように。

そんなことがあったので、わたしたちはテテルシンゴから七キロ離れたクアゥトラに引っ越さなければならなかった。その村の出だというような顔をして。そんなわけでチュチャおばさんといっしょに住むようになって、おばさんはすこしずつ母さんの代わりにわたしにいろいろ教えてくれるようになって、そして父さんの奥さんになった。

じぶんの眼力を生かすことを教えてくれたのはチュチャおばさんだった。チュチャおばさんの母さんがおばさんに教えたように。わたしの一族の女たちは、ふつうの目で見るよりずっといろんなものを見る力がそなわっているの。わたしの母さん、チュチャおばさん、それにわたし。わたしたちの娘のマレニータもそう。

みんながわたしのことを、後ろ指をさして魔女《ブルハ》だとか妖術師《ナグアル》だというようになったのはつい最近のことだけど、母さんにもおなじことばを投げつけていたんだ。だからわたしと母さんは、とてもよく似ていることがわかった。ことばには、ことばにしかない魔力があるのね。人をうっとりさせることもできるし、殺すこともできる。わたし、それがわかったんだ。

女たらし《ムヘリエゴ》。このことばは嫌い。なんで男たらし《オンブレリエガ》っていわないんだろ？　どうして？　さえない響きになるからかな。オンブレリエガ。わたしがそうなの？　わたしの母さんも？　でも男が口にすると、このことばは刺々しくて、重苦しい感じで、体にズシンときて、立直れないほどの痛手を負わせて相手の気をくじくような、ときには殺してしまうことばになる。

あなたにとって、わたしはなんなの？　ときどきの妻？　恋人？　娼婦？　どれ？　どれかひとつでいるほうが、ぜんぶをやるよりはまし。

あなたの口からじかに聞かなければって、ずっと思ってきたのに。いつもこうして考えてきたことが正しかったかどうか知るために。干し草とトウモロコシの毛を食べて頭がおかしくなったんじゃないのかって、あなたはいうかも。でも、誓ってもいいけど、いままでこんなにはっきりわかったことはなかった。

アーイ、ミリアーノ、わからないの？　ここでも戦争がはじまっているんだよ、わたしたちの心のなかで、わたしたちのベッドのなかで。あなたには娘がいる。あの子が世間からどんなふうに扱われたらいいと思ってる？　あなたがわたしを扱ったように？　あの子がそんなふうに扱われてもいいの？

わたしが聞きたいのは、ことば。魔術みたいにちょっと心を鎮めてくれるもの。でも、あなたからはもらえそうもないね。

何か月かわたしは身を隠していたけど、そのわけがあなたにはわかってない。わたしのことなんてどうでもいいんだよね、きっと。大事なのはニコラスのことだけ。あの子をここから連れ去ったときにそれはわかった。

ニコラスの最後の乳歯が抜けたとき、あなたは人をよこして、あの子を連れていってしまった。あなたの妹に世話をさせるといって。あの子は山にすむシカのように生きていた。あなたのあとを追いかけたり、真っ先にあなたのキャンペーンに駆けつけたり、いつでも手の届くところにいたのに。わかってる。あの子の好きにさせる。そうだね、男の子は父親といっしょにいるほうがいいよね、といってわたしは承知した。でもじつは、わたしの一部がいつもあなたのそばをうろついていられるようにしたかったの。ニコラスに好きにさせるのはひどく難しいよ、あなたには、きっと。それでも、あの子はいつもあなたのもの。いつだって。

連邦政府軍《フェデラレス》がニコラスを捕らえてテパルツィンゴへ連れていったときだった。あなたはぐっすり眠っているあの子を、その腕に抱いてやってきた。あなたの兄さんとチコ・フランコが彼を救けだしたあとで。もしこの子になにかあったら、もしもなにか……そういってあなたは泣きだした。わたしはなにもいわなかったけど、ミリアーノ、でもあの瞬間にわたしは、うんとちいさくなってあなたの心のなかに入りこみたいって思った、あの子のようにわたしもあなたとしっかり繋がっていたい、そして、あなたがわたしを愛しているって知りたい、そう思ったことなんか、あなたは考えてもみなかったでしょ。

もしもわたしが魔女だっていうなら、それでもかまわないって、いってやった。トウモロコシに生えるカビきのこだって食べてみせた、あのウイトラコチェだって、コーヒーや黒いチリや、くだものの腐ったところだって、黒くて色の濃いものだって、なんだって食べた。わたしをがんこに強くするものなら、なんだって。

＊

あなたはほとんど話をしない。あなたの声は、ミリアーノ、女の声みたいにか細くて、軽くて、繊細といってもいいほど。あなたの話し方は、唐突で、早口で、まるで水しぶき。でも、わたしはあなたの声には人を動かす力があるのを知っている。

トラティサパンの虐殺があったときのことだった。二百八十六人も殺されたのよ。男も女も子どもも、カランサ派に虐殺されたあの事件。あなたのほっそりした体がげっそりやつれて、あなたの顔が大きなソンブレロに隠れて、暗くちいさく見えた。あなたの乗った馬も、いまにも餓死しそうなほどガリガリに痩せて気が荒くなっていた。埃っぽくて暑い六月の日だった。

悲惨な事件がわたしたちを嘲笑っているようだった。空さえ悲しそうに、どんより曇った鉛色をしていた。空気は湿っぽくて、いたるところにハエがたかっていた。女たちは通りに出て、死体の海のなかで家族を探しまわっていた。

みんなカランサ派から逃げることに心底疲れていた。政府軍はホフトラくんだりまで追いかけてきた。でもあなたはメヒカーノの言語《ことば》で……わたしたちのことばで誠意をもって語りかけた、だからわたしたちは耳をかたむけた。生き延びることに疲れていたけど。生きることにも、耐えることにも疲れ果てていたけど、みんな耳をかたむけた。戦線を見捨ててじぶんの村へ帰ってしまった人もたくさんいた。もう戦いたくないというなら、われわれは全員このままくたばるだけだ、とあなたはいった。疲れたとはどういうことだ？　みんながわたしを選んだとき、わたしはみんなの支援があるなら代表者になろうといった。だがいまは、みんなは絶対にわたしを支援しなければ。わたしはじぶんのいったことに忠実にやってきたのだから。ズボンをはいたちゃんとした男が必要だというから、わたしがその男になったまでだ。そしていま、みんながもう戦いたくないというなら、それならば、わたしにできることはなにもない。

わたしたちは汚れ、疲れはて、飢えていたけれど、それでもあなたについていった。

＊

父さんの家の裏にあったちいさなアボカドの木の下で、あなたはわたしに初めてのキスをした。斜めからの、すごく変なキス。口の端にするキス。これでおまえは俺のものだ、とあなたはいった。そしてわたしはそれに従った。

＊

サン・ラサロの村祭りの朝、あなたはその目のように黒くてきれいな馬に乗っていた。空が栗毛色に見えたの、おぼえてる？　なにもかもぶくぶくに膨らんで、雨の匂いがした。冷たい影が村の上を横切っていった。あなたは上から下まで黒ずくめの服を着ていた。あなたのいつもの衣装。上品で、優雅な姿、ほっそりとして背も高かった。

黒い亜麻でできた丈の短い騎手《チャロ》の上着を着ていたね。カシミアの黒いズボンに銀の飾りボタンがついていた。ラベンダー色のシャツの襟元に青い絹のネッカチーフを結んで。あなたのソンブレロには馬毛の編みひもと房がついてて、広いつばの縁に金銀の糸でカーネーションの花が刺繍してあった。そのソンブレロをあなたはまっすぐにかぶっていた……他の人たちのように頭の後ろのほうにずらしたりしないで……だから影が目までかかって、その目がじっと見つめながら待っていた。そのときから、わたしが相手にしてるのは一匹の動物だってわかっていた。

＊

父さんが許してくれると思う？

駈け落ちしよう、いつまでも怒ってはいられないさ。

収穫が終わるまで待って。

あなたはちいさなアボカドの木の下で、わたしを引き寄せてキスをした。キスは生ぬるいビールとウイスキーの味がした。さあ、これでおまえは俺のものだ。

*

わたしたちが出会ったのはプラムの季節だった。サン・ラサロの村祭りであなたを見かけたんだ。わたしはお下げ髪を首の上のところで高くまとめて、鮮やかな色のリボンを結んでいた。洗いたての髪は、マンメアの堅い種を潰して絞ったオイルをつけて梳いてあった。わたしのウイピルは白くて、いまでもおぼえているけど、首と鎖骨が目立つような作りだった。

あなたはいい馬に乗っていた。赤と黒の絹の房飾りのついた銀の鞍を置いて、その手を、長くて繊細なあのきれいな手を、軽く腰にあてていた。最初はあなたのことが怖かった、でも顔には出さなかった。あなたの馬が脚を高くあげて進むようすは、本当にきれいだった。

わたしが広場《ソカロ》を横切ろうとしたとき、あなたは大きな円を描いて広場をまわっていた、おぼえてるわ、わたしの通り道にあなたが馬を乗り入れてくるまで、わたしは知らんぷりをしていた。通り抜けようと身をかわして、あっちのほうへ、こっちのほうへと、わたしは進んだ。馬術ショー《ハリペオ》の仔牛みたいに。アーケードの日陰のほうからあなたの友だちの笑い声が聞こえてきた。やりすごせないとわかったとき、わたしは顔を上げて、通してください、といった。するとあなたは、もうそれ以上やろうとはしなかった。あいさつ代わりに帽子のつばにちょっと手をかけ、わたしを通してくれた。それからあなたの友だちのフランシスコ・フランコが、チコと呼ばれてるってあとからわかったあの男が、ちいさいけれど、おまえよりも大物だぜ、ミリアーノ、といったのが聞こえたんだ。

＊

いいってことだろ？　わたしはなんていったらいいかわからなかった。まだひどく幼かったから。ただ笑ったら、あなたはあんなふうにキスした、わたしの歯の上に。

いいだろ？　といってアボカドの木にわたしを押しつけた。ダメかい？　で、わたしは、いいわといった。それから、ダメといって、またいいわといって、そのあいだにあなたが何度も、何度もキスをした。

＊

愛？　わたしたちはそのことばを口にしない。あなたにとって、それは気に入ったものを目で舐めるように見つめて、それから輪縄を投げて捕らえ、馬のように引き具をつけて囲いに閉じこめるようなものなのね。あっけなく捕まるものはぐいぐい家に連れて帰る。

でもわたしはちがう。最初からそうじゃなかった。あなたはハンサムだった、そう、でもわたしはハンサムな男は好きじゃなかった、だって、欲しいと思えばどんな女だってものにできると思ってるから。あのとき、わたしはあなたの手に入らないものになりたかった。だから、あたし、あなたが見てるのを感じたとき、ほかの女の子みたいに目を伏せなかった。

＊

俺たちのために家を建てる。いっしょに暮らせるようになって、それからそのうち……。

でも、あなたはいつかあたしを捨てる。

絶対にそんなことはしない。

せめて収穫がすっかり終わるまで待って。

＊

あなたの肌は触ると火傷をしそうなほど熱かった、いまでもおぼえてる。レモングラスと煙草の匂いがしたことも。そのほっそりした少年のような体を、わたしの体の上にうまく乗せたときのこと。

なにかがひとりでにほどけていった……やさしく、編んだ髪がほどけるように。そして、わたしはいった。アーイ、ミ・チュリート、いとしい人、いとしい人って何度も、何度も。

＊

朝がきて夜がきて、あなたの匂いがまだ毛布に残っていると思いながら、わたしは目を覚まし、眠ってるときと起きてるときのあわいにもつれた記憶を思いだす。あなたの肌の匂い、ブラシのように濃いその口髭の上にあるほくろ、この手のなかにぴったり抱くあなたの体。いってあげたほうがいい？　あなたがここで眠る夜、わたしがいつもなにをしているか。葉巻をくゆらしコニャックを飲んであなたがようやく眠ったのを確かめてから、わたしはあなたの肌の匂いを嗅ぐ。あなたの指は煙草のあまい匂いがする。鎖骨の下は大きく羽を広げた翼のよう。紫の結び目みたいな乳首。濃いプラム色の性器。すらりとした脚。長くて細い足。

ゆっくりと調べていく、あなたの銀ボタンのついた黒いズボンを、きれいなシャツを、刺繍をしたソンブレロを。騎手《チャロ》の上着の縁に細かな目でモールが縫いつけてあるのを、調べていく。そのできばえにうっとりして、拍車や、レギンスや、形のいい黒いブーツに見惚れる。

あなたが行ってしまったら、わたしは思い出からもう一度、あなたを創りだす。あなたの指先を温かくなるまでこすり、えくぼのあるあなたの顎をこの歯でそっと咬む。あらゆる部分がよみがえる。お腹だけはだめだけど。この顔をその濃い肌にこすりつけて、ノ、ノ、ノといいたい。アーイ。左頰から右頰へ、温もりを感じていって。あなたの喉元のくぼみから舌をはわせて、石のようにすべすべした胸を走って、おへそのところまで降りていって、黒ずんだあなたの性器の匂いにわれを忘れる。眠っているあなたを、あなたの肌の色を見ている。うっすらした月明かりのなかで、あなたは光を放っている。まるで全身が琥珀でできているみたいに。

あなたはわたしの将軍なの？　それともただの、わたしのミリアニートなの？　あなたがなんていうか、わからない。あなたはわたしのものではないし、ビヤ・デ・アヤラのあの女のものでもない。だれのものでもない、よね？　この土地のもの。われわれを生かし、守ってくれる母なる大地《ラ・マードレ・ティエラ・ケ・ノス・マンティエネ・イ・クイダ》のもの。わたしたち、それぞれみんなの。

＊

わたしは高く、もっと高くのぼっていく。家はきっちりと扉を閉ざしている。目のように。これまでよりもさらに遠くまで飛んでいく。雲よりも遠く、わたしたちの神、太陽よりも遠く、月の夫の太陽よりも。下のほうに、いっぺんにあらゆるものが見えるまで、わたしたちの暮らしのようすが静けさに包まれて、くっきりと見えるところまでのぼっていく。

するとわたしたちの未来と過去が見えるよ、ミリアーノ。一本の糸が、すでに生きてしまった一本の糸があって、それはどうすることもできない。そして、あなたを裏切ろうとする男の顔が見える。場所と時間も。馬の贈り物や砂金の色まで。朝食に飲んだ生ぬるいビールがあなたのお腹のなかで渦巻いている。美しいラッパの音に導かれて、農場《アシエンダ》の門が開く。ティルリー、ティリー。いきなり嵐のように銃弾が撃ちこまれる。その瞬間、ほとんど解放感に似たような感覚が広がる。孤独な、もうひとつの、生まれたときの孤独にも似た感覚が広がる。

それから、わたしのこざっぱりしたウイピルと絹の外出用のショールが見える。わたしはロザリオと、祝福されたナツメヤシの十字架を手にしている。八日間、人びとが祈りを捧げにやってくる。そして九日目、石灰と砂で作った十字架が立てられて、わたしの名前が呼ばれる……イネス・アルファロ。絞められた雄鶏の首。トウモロコシの葉で包まれた豚肉入りタマーレス。仮面舞踏会の踊りでは、男が女装して、女が男装している。バイオリンがいくつか、ギターもいくつか見えて、大きな音の出る太鼓がひとつ。

ほかの人たちの顔や暮らしも見える。わたしの母さんが、あのあたりじゃセンポアスーチトルと呼ばれているマリゴールドの花畑で、男といっしょにいるのが見える。わたしの父さんじゃない。母さんのビーズのついたショールが下に広げてある。押しつぶされた草とにんにくの匂い。母さんの恋人の合図で、ほかの男たちがわらわらと降りたつ。雲が激しく動く。山刀《マチェーテ》のように鋭いサトウキビの茎に、豚の油が塗られて、地面に打ちこまれる。男たちが母さんをトウモロコシの束みたいにかき寄せるようすが見える。母さんの、あたりをつんざくような叫び声が広い空いっぱいに響いて、サトウキビの茎が母さんを突き刺す。聞こえてくるのは、じぶんの番を待ちながら唸ることば、皮膚を突き破る雹のような、愛をささやく直前のような、ことば。

空に向かって母さんの性器が星のように開いていく。雲が音もなく動いて、空は色を変える。幾時間。目はまだ、母さんが発見された朝の雲をじっと見ている……母さんの編んだ髪はほどけて、男のソンブレロがその頭にのせられ、口に葉巻が差しこまれて、あたかも、男のようにふるまう女にはこうしてやるといわんばかり。

ちいさな黒い束、それが父さんの家の戸口に放りだされた母さんの姿だ。父さんは「だれがやった?」とも「どうしてだ?」ともいわない。父さんにはわかっているんだ。みんなとおなじように。

空が石の嵐を降らせている。トウモロコシの収穫はもうメチャメチャだ。そしてわたしたちがテテルシンゴからクアウトラのチュチャおばさんのところへ引っ越していく。

それからわたしたちの子どもが見える。ほら、マレニータが双子を抱いているわ。この子たちは結婚しないで、ふたりとも勇敢な独身女《ソルテローナ》として、メキシコ市のメルセド市場でハーブを売って暮らしをたててる。

それからニコラスは、もう大人になって、やりきれないほど悲しくて恥ずかしいのは、ニコラスが、サパタの名前を盾に、政府からあたえられたひとつかみほどの土地のことで騒ぎたてようとすること。これじゃ不十分だ、こんなちっぽけな土地じゃダメだ。偉大な男の息子が小百姓みたいに暮らせるか、といって。ニコラスがＰＲＩ（制度的革命党）のキャンペーンにサパタの名前を売ったとき、アネネクイルコの年寄りたちはただ、だまって首を横にふる。

それから、朝霞のなかに古代から伝わる土地の権利証書が見える。樹皮で作った紙の上にナワトル語で記されている……一六〇七年九月二十五日にヌエバ・エスパーニャ副王からわれわれの村《プエブロ》にあたえられた……この土地が永久にわれわれの土地であることを認めた権利証書。

それから、政府があなたを探しはじめたアネネクイルコのあの午後が、途切れ途切れに見える。そしてあなたが、村の教会の中央祭壇の下に埋められていた頑丈な箱を掘りだし、それをチコ・フランコに手渡すのが見える……もしもおまえがこれを無くしたら、いちばん高い木からおまえを吊してやるからな、同志《コンパードレ》。するとチコは、あいつらが俺に銃弾を撃ちこまないうちにやってくれよ、といって笑った。

そして夜、すでに老いたチコ・フランコがオオカミ渓谷を走りに走る。老いたオオカミに、老いて狡猾になった男の後ろから、ニコラスが送ってよこした政府のまわし者たちが叫んでいる。まだ幼い息子のビルロとフリアンが、冷たい庭先のタイルの上にくずれおちる。ブーゲンビリアの花のように。なんて無益なことを。証書は、ラ・プロビデンシアという名の酒場《プルケリア》の床板の下に埋められているのに。チコの体に銃弾が撃ちこまれてからは、もう、だれもそのことを知らない。以前とくらべて事態は良くも悪くもない。なにもかもおなじではないけれど、大きく変わったこともない。

わたしには見える、川のように星が流れて、悲しみの声を集めて、やがて海になり、海底ではエメラルド色の魚が、魚でいてよかったと思いながら泳ぎまわっている。鐘塔と青い森、そして帽子がいっぱい飾られた店の窓。プラムの内側のような、焼け焦げた足。シラミの卵がふたつ付着した梳き櫛。レースの縁飾りのついた女物のドレス。煙草から立ちのぼる紫煙。ブリキの缶にオシッコをする少年。盲目の男の濁った目。聖イシドロ像の欠けた指先。赤ん坊を産んでいる女の黄褐色の腹。

そしてさらに多くの生命と血が見える。生まれてくる者、死んでいく者。問いを発する者、沈黙を守る者。悲しみの日々と、色とりどりの喜びの花の色が。

アーイ、パパシート、シエリート・デ・ミ・コラソン、いとしい人、ロバが悲しげに鳴いているよ。雄鶏も鳴きはじめた。もう朝なの？　待って、あなたが去っていく前に、なにもかもおぼえておきたいから。

サン・ラサロの広場であなたがどんなふうにわたしを見たか。父さんのアボカドの木の下で、あなたがどんなふうにわたしにキスしたか。あなたがわたしを愛した数々の夜、すすり泣きたくなるほどの快楽といっしょに。あなたの胸の震えをわたしがどんなふうに鎮めながら、あなたを抱いて、抱き締めたか。ミリアーノ、ミリアニート。

わたしの空、わたしの命、わたしの目。あなたのことをよく見せて。あなたがその目を開けないうちに。やってくる日々と、すぎていく日々。またいつものわたしたちにもどってしまわないうちに。

アンギアーノ祭具店で売ってるロザリオ、聖像、メダル、香、ロウソク、護符、香油、薬草

ソレダード通りの「サニタリー・トルティーヤ」店の真向いにあるあの祭具店のこと、知ってる？「エル・ディボルシオ・ラウンジ」ってバーの隣の店よ。あそこは入っちゃだめ。店主がめっちゃしょうもないヤツなんだから。そういってるのはわたしだけじゃない。しょうもないヤツだってのは有名な話なのね。

それはわかってたけど、とりあえず、ちょっとだけ寄ってみた。だって聖母グアダルーペの像がひとつ必要だったから、それに、サウス・ラレード通りのプレシアード姉妹の店は、どうがんばったって歩いていける距離とは思えなかった。

置き物の聖像にしようかな、それともきれいな3D方式の絵がいいかな、なんて考えていた。3D方式ってのはボール紙の細片で作った立体式の絵で、たとえば右側から見るとサント・ニーニョ・デ・アトチャに見えて、正面から見ると聖母マリアに見えて、左側から見ると皿の上に両眼をのせてる聖女ルチアか、じぶんのはおったローマ風ケープを乞食に半分、剣で切りあたえている聖騎士マルティヌスに見える絵のことなんだけど、でも聖マルティヌスってそんな

にえらい聖人なら、どうして乞食にケープをぜんぶあげなかったんだろう。わたしはそこが知りたい。でしょ？

まあ、わたしが探していたのはそういう感じのものだった。額入りの絵で、上と下に銀色のアルミ箔の細片がついているやつね。木製の額が明るいピンクかターコイズブルーに塗ってあるのがいいなと思っていた。もう一軒の店に行けばもっと安く買えるんだけど、ヌエボ・ラレード通りまで行っている時間がなかった。だって、テンチャのことがわかったのは火曜日で、テンチャはサンタ・ローサ病院にそのまま入院しちゃったから。わたしは仕事を半日休んで、バスに乗って行かなければならなかった。でも、なにをしようとしてたんだっけ？　そうそう、アンギアーノ祭具店かプレシアード姉妹の薬草店かってことだったわ。

それで、サンタ・ローサ病院から暑いなかをとことこ歩いてきたら、なんと、アンギアーノの店が閉まってるじゃないの。暗い店のなかにアンギアーノ本人が座っているのが外から見えてるのに。わたし、二五セント硬貨でガラス戸を何度もコツコツ、コツコツたたいたのよ。そしたら、あいつ、ロックをはずす前にどうしたと思う？　わたしのことを頭のてっぺんから爪先までじろじろ見たんだよ。まるで場末のカクタス・ホテルやコートハウス質店やウェスタン古着店からやってきた客でも見るみたいにさ。まるでわたしが強盗でもしにきたみたいに。

ショーウィンドウに飾ってあった、あの額入りの聖人の絵でキラキラがついてるのにしようって、わたしは考えてたんだ。ところが、なんと、本物のまつげをした聖母グアダルーペがあるじゃない。あっ、でも、本物の毛じゃなくって、ブラシの毛みたいな剛くて黒い毛だったんだけどね。でもさ、聖母グアダルーペがふわふわした柔らかいまつげをしてるなんて変じゃない……そんなのすっごく《ビエン》気持ち悪いじゃない、街の女みたいだもん。そんなのおかしいよ。

店にある聖母グアダルーペをぜんぶくらべてみた。聖像、額に入った絵、聖札《ホーリーカード》、ロウソク。だって一〇ドルしかもってなかったから。そうしてるうちにほかの客も入ってきた。でも、あいつ、あたしになんていったと思う？　耳を疑っちゃうわ。あんた、なんにも買う気がないんだろう、俺にはわかるさ。大きな声で、それもスペイン語で。あんた、なんにも買う気がないんだろうって、そういったんだから。

あら、ありますよ、とわたし。もうちょっと考える時間がいるだけです。

考える時間がほしいってんなら、通りの向かい側に教会があるから、そこへいってやってくれ。こんなとこで考えごとするなんて、あんたは俺の時間を無駄にしてる。

まったく、なんてやつ。あいつの口のききかたの醜悪なことといったらないわ。考えごとがしたいんなら、通りの向かいにあるサン・フェルナンド教会に行ってやってくれ……こんなとこで考えごとするなんて、あんたは俺の時間を無駄にしてる、なんて。

いっそ、地獄に行け！　っていってやればよかった。ま、その必要もないか。もうあいつはまっすぐ地獄に向かってるもんね。

ちいさなお供え、立てた誓い

祈願成就を感謝する奉納物《エスボト》

一九八八年十二月二十日、わたしたちはコーパスクリスティに向かう途中で、恐ろしい交通事故にあいました。乗っていたバスがロブズタウンの近くでスリップし、転覆したために、ひとりの女の人とその人のちいさな娘さんがなくなりました。聖母グアダルーペさまのおかげで、わたしたちは無事でした。みんな奇跡的にケガひとつしませんでしたし、バスに乗るのが恐ろしくなったほかは、目に見える傷もありません。ここに、聖母マリアさまへの感謝の気持ちと、わたしたちの変わらぬ信仰をお誓いして、このレタブロをご奉納いたします。

アルテアガ一家
アリス、テキサス
GR（感謝をこめて）

聖なるサント・ニーニョ・デ・アトチャさま
チャパのトラックが盗まれたとき、お助けくださってありがとうございました。どうしたらいいのか、ほんとに途方に暮れるところでした。仕事に行くとき、どうしてもトラックがいるのです。どういう仕事かっていうと、チャパは、わたしらが禁酒させてから見習いをやっています。ラケルと子どもたちはもうあの子をほとんどこわがらなくなりましたから、わたしらは親として胸を張っていられます。うちの家族に、あなたさまがなさってくださったいろんなことに、どうお礼をしたらいいかわかりません。毎週日曜に、あなたさまのためにロウソクを灯します。このご恩は一生忘れません。

シドロニオ・ティヘリーナ
ブレンダ・A・カマチョ・デ・ティヘリーナ
サンアンジェロ、テキサス

聖マルティン・デ・ポーレスさま
どうかわたしたちに衣服と家具と靴と食器類をお送りください。食べるもののほかは、ぜんぶ足りないんです。火事にあって、わたしたちは一からやり直さなければなりません。

ラロの重度障害保険の小切手だけではとても足りません。スレマは学校を卒業したいといっていますが、いまはもうそのことは忘れなさい、とあの子にいいきかせています。うちではいちばん年上なんだから、家にいて家事の手伝いをしなさい、といってあります。どうか、あの子をもう少しききわけのいい子にしてください。わたしたちには、あの子しかいないのです。

感謝いたします
アデルファ・バスケス
エスコバス・テキサス

パドヴァの聖アントニウスさま
どうか、セックスをするとき痛くない男の人が見つかりますように。助けてください。テキサスにはそんな人がいないんです、絶対に。とくにサンアントニオには。教育を受けたチカーノたちが、みんな職を探しにカリフォルニアに行かなければならないなんて、どうにかならないのでしょうか。姉さんのイルマが「カレッジにいるうちに結婚相手を見つけておかないと、永久に見つからないことになるからね」というのは、どうも本当じゃないかと思います。

もしもスペイン語を話す男の人を見つけてくださったら、すごく感謝します。せめて、じぶんの名前をスペイン語できちんと発音できる人がいいです。ワシントンDCの助成金用の書類に書きこむときのほかは「ヒスパニック」なんてじぶんを呼ばない人をお願いします。

ちゃんとした男の人を送っていただけると助かります。料理をしたり掃除をしたりしているのを人に見られても恥ずかしいと思わない、じぶんの面倒はじぶんで見られる人がいいです。大人として行動できる人がいいです。ひとり暮らしをしたことのない人はだめです。下着をじぶんで買ったことのない人とか、シャツにじぶんでアイロンをかけたことのない人とか、じぶんが食べるトルティーヤを温めたことのない人はダメです。母親にいいだけあまやかされて育った、わたしの兄弟みたいな人はごめんですから。でなければ、そんな男はさっさと送り返しますから。

あなたがちゃんとした男の人を送ってくれるまで、あなたの聖像をさかさまにしておきます。あんまり長いあいだじっとがまんしてきたので、いまではじぶんがインテリで、パワフルで、美しすぎて、どういう人間かはっきりわかっていて、いいかげんなものじゃだめってことが、じぶんでもわかりすぎてますから。

ミズ・バルバラ・イバニェス
サンアントニオ、TX

ニーニョ・フィデンシオさま

給料がよくて、手当もついてて、停年後もいい暮らしができる、そんな仕事につけるようにどうか力を貸してください。もしも力を貸してくださるなら、エスピナソにあるあなたのお墓にお参りに行って、お花をお供えすることを約束いたします。よろしくお願いします。

セサル・エスカンドーン
ファー、テハス

ロス・オルモスの治療師ドン・ペドリート・ハラミヨさま

わたしのなまえは、エンリケタ・アントニア・サンドバルです。テキサスしゅうのサンマルコスにすんでます。わたしはびょうきです。かんぞうのしゅじゅつをして、ガンのしゅようをとりました。でも、かみさまがまもってくださったのでいきています。でも、いちねんかん、ちりょうをうけなければなりません。「かがくりょうほう」です。わたしは2さいはんですが、おばあちゃんが、このてがみをだせば、あなたとてんごくのかみさまが、わたしのびょうきをなおしてくれるといってます。てがみをかいてるのは、わたしのおばあちゃんです。このてがみをみるひとが、みんな、わたしがげんきになるよう、おいのりしてくれるといいとおもいます。

エンリケタ・アントニア・サンドバル
2さいはん

わたし、レオカディア・ディマス未亡人です。テキサス州サンマルコスのコルデロから、ドン・ペドリートさまに、孫娘が手術をうけて元気になれるようにお願いにきました。神さまと、あんないいお医者さまに力を貸してくれた方々に感謝します。お医者さまはよくやってくれました。あとは神さまのおぼしめしのままに。本当にありがとうございました。

あなたの敬虔なる下僕
レオカディア

おお、全能なる力の持ち主《ポデロソス》であり、天国の大いなる方々へ
天国にて王冠をいただき、われらが聖なる救世主のおそばにおられるあなたさま、わた

くしの代わりに、全能の神さまにお取りつぎくださいますよう、心よりお願いもうしあげます。魂の平安と幸運をおあたえください、そして、わたくしの行く道をさえぎるすべての災いのもとである悪魔を取り除いて、わたくしをこれ以上苦しめないようにしてください。この願いをどうかお聞きとどけくださって、わたくしを祝福してください。至聖なるニーニョ・フィデンシオさま、偉大な将軍パンチョ・ビリャさま、聖なるドン・ペドリート・ハラミヨさま、有徳のジョン・F・ケネディさま、そしてローマ法王の聖ヨハネ・パウロさま。アメン。

ヘルトゥルディス・パラ
ユーバルデ、テハス

全能の父なる神よ
どうか、夫をもう一度愛する方法を教えてください。お許しください。

S
コーパスクリスティ

われらが救世主をとりまく七人のアフリカの神さま……オバタラ、イェマヤ、オチュン、オルンラ、オグン、エレグア、そしてシャンゴの神さま……どうか僕のことをお守りください、心にかけてください。おお、アフリカの七人の神さま、お願い、いじわるしないで。僕の持ってるイリノイ州の宝くじが当たりますように。もしも当たったら、シカゴに住んでるいとこのシリロが、僕をだまして当たり券をくすねたりしないようにしてください。券のお金を払ったのは僕で、いとこがやっているのは僕の代わりに毎週、宝くじの券を買うことだけなんですから――やっていればですが。彼は僕のいとこだけど、聖書にもありますよね、いい報せでなければいわないほうがいいって。

嫉み深い人の邪視から僕をお守りください。敵が僕をひどい目にあわせたりしないようにしてください。だって、いつでも先に人に悪さをしてきたのは僕じゃないんだから。悪いやつらにつけこまれてきたこの善良なキリスト教徒をお救いください。

七人の神さま、この敬虔なお祈りに対して幸運をさずけてください。僕をお守りください、お願いだ。僕のことを忘れないで、僕も忘れないから。

モイセス・イルデフォンソ・マタ
サンアントニオ、テキサス

聖母グアダルーペさま
　もどってきたらその日に、かならず聖母さまの聖堂まで膝で歩いていくことをお約束しますので、「カサ・デ・ラ・マサ・トルティーヤ店」がわたしに二五三・七二ドルを支払うようにしてください。わたしは二週間もそこで働いたから、当然それだけ払ってもらえるんです。最初の週は六七時間半、次の週は七九時間も働いたのに、それを証明するものがなにもないんです。税金を差し引いても、二五三・七二ドルはもらえるはずなんです。お願いはそれだけです。二五三・七二ドルはもらえるはずなんですから。
　経営者のブランキータとルディ・モンドラゴーンに頼んでるけど、来週な、来週、来週というばかりで。もうすぐ三週間目も半ばになるのに。そんなわけで今週の家賃をどうやって払ったらいいのか困ってます。支払いが遅れてるので、ほかの仲間から借りられるだけ借りてるんですけど、もうどうしたらいいのかわからない、本当に、どうしたらいいのかわからないんです。
　女房と子どもと、女房の親戚たちはみんな、わたしの仕送りに頼って暮らしています。わたしたちは慎ましい人間です、聖母さま。わたしが不道徳なことに染まっていないこともご存じのはずです。わたしはそういう人間です。女房にも会えずに、遠く離れて、ここで暮らしていくのはきついです。たまには、そんな誘惑もありますが、ダメ、ダメ、ダメ。わたしはそんなんじゃありません。どうかお願いです、聖母さま。わたしがお願いするのは、わたしの二五三・七二ドルのことだけです。ここでは、この国では、だれも頼りにできる人がいないので、それで、もしあなたさまが救けてくださらなければ、そのときは、その、もう本当にどうしたらいいのかわからないんです。

アルヌルフォ・コントレラス
サンアントニオ、テハス

矢で射抜かれて処刑されてから甦った聖セバスティアヌスさま、わたしのお祈りに答えてくださってありがとうございました！　わたしに刺さった矢……義理の弟のアーニーと妹のアルバと子どもたち……エル・ジュニア、ラ・グロリア、それにエル・スカイラー……はみんな抜けました。それでいままでは、わたしのホームスイートホームはまたわたしのものになりました。それで、愛しの愛しのディアニータも、子どもたちも、だれがだれをたたいたとか、そういったことのほかにも、わたしと口をきくようになりました。

お約束どおり、こうしてちいさな金《きん》のお供え物《ミラグリト》をいたします。ちいさな家です、どうです？　安物の金箔なんかじゃありませんよ。これでお返しをしたことになりますね、これでおあいこですね。だって、ビクトル・ロサーノは借りを返さないっていわれるのはいやですから。わたしは即金で払います。ビクトル・ロサーノのことばは、行い同様に、確実で、混じりっ気なしの金《きん》ですから。

ビクトル・A・ロサーノ
ヒューストン、TX

聖ラサロさま
僕の名親《コマードレ》のデメトリアが、もしも僕があなたにお祈りすれば、ひょっとしたら助けてくださるのではないかといってるんですが、それはあなたが死んでから甦って、多くの奇跡を行ったからで、たぶん、僕が七日間毎晩ロウソクを灯してお祈りをしたら、こんなニキビだらけの僕の顔をなんとかしてくれますよね。ありがとう。

ルベン・レデスマ
ヘブロンビル、テキサス

至聖なるサン・フアン・デ・ロス・ラゴスの聖母さま
あなたさまの像がサンアントニオに運ばれてきたとき、わたしたちは二度も会いにきました。母と、妹のヨランダと、エネディナおばさんと、ペルラおばさんと、みんなであなたに会ってお願いをするために、はるばるビービルから車でやってきたのです。

エネディナおばさんは、いつもすごく秘密主義なので、おばさんがなにをお願いしたかはわかりませんが、でもきっと息子のベトに関係のあることでしょう。ベトときたら家のまわりをうろついては、面倒に巻きこまれてばかりいるからです。それからペルラおばさんはきっと、女の人に特有の病気の愚痴をいったはずです……卵巣のあたりがなんだかおかしいとか、こんぐらかったラッパ管のこととか、お腹のなかでヒクヒクして船酔いみたいな気分になる子宮のこととか。で、母さんはただ運転してきただけだっていってますけど、それでも、あなたさまの祝福をわたしたちが受けられますようにって、そしてわたしたちの心から嫉妬や意地悪な心を取り除いてくださるようにって、ロウソクを三本も灯したんだと思います。だって母さんは毎日、毎晩そういってるからです。それからわたしの妹のヨリが、じぶんの体重が減るようにお願いしたのは「ペルラおばさんみたいに、祭壇にかける布に刺繍したり、聖人に洋服を着せたりするだけで一生を終わりたくないから」だそうです。

でもそれは一年も前の話で、聖母さま、それからわたしのいとこのベトが隣の人の飼ってる雄鶏にビッグレッド・ソーダのボトルを投げつけて殺してしまったので弁償させられたし、ペルラおばさんは絶対にじぶんの子宮は落っこちてしまったんだというし、というのは歩くとお腹のなかでマラカスが鳴るみたいにカラカラ音がするっていうんです。で、母さんとおばさんたちはあい変わらず言い争って、大声でわめきあっています。それからバカな妹のヨリは、いまだに、グラサ・ファンタスティカなんて、超くだらないものをわざわざ郵便で取り寄せています。まちがいなく脂肪を燃焼させるというふれこみのあれです……「ねえテレ、ホントニ効くんだから、テレビを観ながらもんでるだけでいいの」……と妹はいうけど前よりもっと太ってしまって、あい変わらず不幸です。

みんなでサンアントニオに出かけていって、聖母さまにお願いをしたのは、ただ聖母さまに話を聴いてもらいたかったからだってことは、わたしにもわかってます。それで、わたしたちのなかでも、母さんと妹のヨリやエネディナおばさんとペルラおばさんのよりも、わたしのお祈りを聴きとどけてくださったんですね。わたしがお願いしたことは、わたしだけを愛してくれる男の子をわたしのところへ送ってくださいってことでした。だって年下の女の子たちが首のまわりに男の子の腕を絡ませて、通りを歩いていたり、車に乗ってたり、学校の前に立ってたりするのを見てるのに、わたし、もうウンザリしてたんです。

で、いま、わたしがお願いしたいのはなんだと思います？　どうか、聖母さま。この重い十字架をわたしの肩からはずして、以前のわたしにもどるのを許してください。首筋に風が感じられるように、両腕がおもいっきりふれるように、そしてもう、だれもわたしにこうしなければいけない、なんていわせないようにしてください。

テレサ・ガリンド

ビービル、テキサス

奇跡をもたらすエスキプラスの黒いキリストさま
　どうか孫がわたしたちにやさしくなって、ドラッグに手を出さなくなりますように。あの子をお救いください。仕事がみつかって、わたしどものところから出ていってくれますように。よろしくお願いいたします。

祖母と祖父
ハーリンゲン

M3r1c5l45s Bl1ck Chr3st 4f 2sq53p5lls,
　3 1sk y45, L4rd, w3th 111 my h21rt pl21s2 w1tch 4v2r M1nny B2n1v3d2s wh4 3s 4v2rs21s. 3 14v2 h3m 1nd 3 d4n't kn4w wh1t t4 d4 1b45t 111 th3s 14v2 s1dn2ss 1nd sh1m2 th1t f311s m2.

B2mj1m3n T.
D21 R34 TX

〔これを、1＝a, 2＝e, 3＝i, 4＝o, 5＝u と置き換えて読むと次のようになる〕

奇跡をもたらすエスキプラスの黒いキリストさま
どうか、神さま、海外にいるマニー・ベナビデスをお守りくださるよう、心からお願いします。僕は彼を愛していて、この心のなかの愛の哀しみと恥ずかしさをどうしたらいいのかわかりません。

ベンハミン・T
デルリオ、TX

〔ここからはすべてスペイン語〕

奇跡をもたらすエスキプラスの黒いキリストさま
わたしの子どもたちの写真をお供えします。聖なる神さま、この子たちをお見守《ワチェ》りください。わたしの子どもが不幸にならないようにしてくださったら、ロウソク《ロス》を灯すことを誓います。わが家の家計を助けてください、神さま、所得税還付の小切手が早く届いて勘定が払えるようになりますように。わたしたちがいい人生を送ることができますように。そしてわたしの子どもたちが、行儀のいい子になりますように、お助けください。あなたさまはたいへん情け深いお方です。どうぞ、これらの願いを聞きとどけてください。切に、切にお願いいたします。わが父よ、お哀れみください。わたしの名前はアデラ・Oです。

エリソンド
コトゥーラ、TX

奇跡をもたらす黒いキリストさま
ありがとう《サンキュー》。なんとか奇跡的にハイスクールを卒業できました。ここに僕の卒業写真を贈ります。

フィト・モロレス
ロックポート、テハス

黒いキリストさま
わたしたちはすごく遠くからやってきました。お礼のいいようもありません。神さま。

わたしたちのお願いを聞いてくださって、ありがとうございました。
アルメンダーリス・G一家
マタモロス、タマウリパス州、メヒコ

〔また英語にもどる〕

イエス・キリストさま
どうかデボラ・アブレゴとラルフ・S・ウレアが一生離ればなれにならないように、お守りください。

愛をこめて
デボラ・アブレゴ
サビナル、テキサス

天国におられる、治癒《ロス・レメディオス》の聖母さま
妻《セニョーラ》のドロレス・アルカラ・デ・コルチャドは、前の木曜日に受けた難しい手術のあと、合併症を起こしてひどく悪くなっています。手術はうまくいって、火曜日の朝に出血するまでは病気は快方に向かっていました。どうか妻のことを、神さまにお取りなしください。神さまの手に妻を委ねます、神の御心が示されるままに。目の前で妻が苦しむのを見ておりますと、いまではあれが死んだほうがいいのか、この世の生をつづけたほうがいいのか、わたしどもにはわからなくなります。四八歳の夫が、ここにこの祈願を心よりお願いもうしあげる次第です。

セニョール・グスタボ・コルチャド・B
ラレード、テハス

聖母さま
ありがとうございます。わたしたちの子どもが元気に生まれました!

レネ&ジャニエ・ガルーサ
ホンド、TX

果たせそうもない目標を支援してくださる聖人、聖ユダさま
どうか僕が英語320の試験をパスしますように。英国王政復古時代の文学講座です。

それで、なにもかもうまく行きますように。

エリベルト・ゴンサレス
ダラス

＊

聖母マリアさま

約束どおり、わたしは髪を切って、こうして聖像の前に髪の房をピンで留めました。「イサウラ」と名前が書いてある「トイザらス社」の名札の上のほうです。入院患者用の腕輪が何本かならんでるところ、「ベイエサ・ビューティ・カレッジのセルヒオの店」の業務用名刺の隣です。ドミンゴ・レイナの運転免許証。封筒の折り返しに印刷された文句。絹のバラ、アクリル製のバラ、紙のバラ、蛍光オレンジの糸でかぎ針編みしたバラ。騎手《チャロ》の帽子をかぶった赤ん坊の写真をバッジにしたもの。卒業式の白いガウンと帽子を着たカラメル色の肌の女性。バンダナを巻いて刺青をしたすげえ野郎。結婚しなかった悲しそうなおじさんの顔が写ってる卵形のパスポート用白黒写真。ポーチの植木に水をやってる袖なしドレスのママ。初めて髭を生やした、真新しい軍服姿のかわいい少年。前かがみになって膝のところに軽く手をあてた格好のティーンエイジャーの少女。ぼやけてしまったせいで、もたれあった夫婦が腰のところでくっついたみたいに見える写真。いとこ同士のラ・ジョシーとラ・メアリー・エレンの一九四二年ころの白黒写真。九歳で最初の聖体拝領を受けたシルビア・リオスのポラロイド写真。こんなにたくさんのお供え物《ミラグリト》が安全ピンで留めてあって、こんなにたくさんのちいさなお供え物が赤い糸で吊してあって……金色の聖心〔槍で貫かれたキリストの心臓〕、ちいさな銅の腕、銀色のひざまずく人、びん、真鍮のトラック、足、家、手、赤ん坊、猫、胸、歯、へそ、邪眼。こんなにたくさんの祈願が、こんなにたくさんの誓願がなされて守られているのに。わたしには、グラス入りコーヒーの色をした、この髪の房しかお供えするものがありません。

チャヨ、いったいどうしたの！　あのきれいな髪をみんな。

チャイートったら、母さんが何年もかけて手塩にかけてきたものを、あっというまに台無しにしてしまうなんて、どうして？

おまえなら、聖女ルチアみたいに、じぶんの目玉だってくりぬきかねないね。あの髪をみんな切ってしまうなんて！

母さんが泣いていたのは、もういいましたっけ？　あのきれいな髪をぜんぶ……といって。

わたしは髪の毛を切りました。生まれてから一度も切ったことのなかった髪を。誕生日によくやる、目隠ししてロバの絵にシッポをつける「ロバのしっぽ」ゲームみたいに。脱皮するへビが皮からするっと抜けたみたいに。

頭が、水中から首を出したときのように軽くなりました。心がまたふわっと浮かびあがって、開いたこの胸にエル・サグラド・コラソン（聖心）をかける前みたいに。わたしの悲しみはこの教会全体を灯せるくらいだったんですから。

わたしは舌のない鐘です。片足をこの世に置いて、もう片足をあの世に置いている女です。両方の世界にまたがってる女。両足のあいだにあるこれ、口にするのがためらわれるここ。

わたしはシッポを呑みこんでいる蛇です。わたしはわたしの歴史、そして未来。祖先という祖先がすべてわたしのお腹のなかにあるんです。わたしの未来も、過去も、ぜんぶ。

わたしは心を鬼にして、胸のうちにすべて収めて、感覚を研ぎ澄まさなければなりませんでした。家具をドアの前まで移動させて、だれもなかに入れないようにしなければなりませんでした。


そんな暗いところに閉じこもってなにをやってるの？

考えてるの。

考えるって、なにを？

ただ……考えてるの。

バカいってないで。チャヤヨ、出てきて挨拶しなさい《ベン・ア・サルダール》。親戚の人たちがみんな来てるんだから。そこから出てきて、ちゃんと挨拶しなさい。

男の子は考えて、女の子は夢を見る？　女の子だけが出ていって親戚に挨拶をして、にっこり笑って愛想よくする《ケダール・ビエン》わけ？

そんなに長いあいだひとりでいるのはよくないね。

あの子はあそこでひとりでなにしてるの？　どう見てもおかしいでしょ。

チャイート、いったいいつ結婚する気なの？　いとこのレティシアを見てごらん。あんたより年下なのに。

大人になったら、子ども何人ほしい？

わたしが母親になったときは……

あんたも変わる。いまにわかるから。いい人に出会うまで待つことだね。

チャヨ、あんたがまた勉強し直してることを、みんなに教えてあげたらどう。

うちのチャイートを見て。ちょっと絵を描きたいっていうの。あの子は画家《ペインター》になるかもね。画家《ペインター》か！　ねえ、あの子にいってちょうだい。うちにはペンキを塗《ペインティング》らなければならない部屋が五つもあるって。

あんたが母親になるときは……

*

この数か月ずっとお腹に赤ん坊ができていませんようにとはらはらしながら祈ってきたけど、ありがたいことに、できていたのは咽喉のところで、甲状腺の病気でした。

わたしは母親にはなれません。いまはなれません。たぶん一生ダメです。わたしが選んだわけじゃないんです。じぶんが女であるのを選ばなかったのとおなじ。アーチストになるのを選んだわけじゃないのとおなじ……それは選んでなるものじゃないんです。最初からそうなんです、うまくいえませんが。

わたしは母親にはなりたくないんです。

父親になるならいいんだけど。せめて父親なら、そのままアーチストでいられて、だれかを愛するのではなく、なにかを愛することができて、それがわがままだなんてだれにもいわれません。

ここにわたしの髪の房を置きます。じぶんのやってることには価値があると信じられることに感謝します。家族のなかじゃだれも、女の人はだれも、友だちも親戚も、知り合いも、テレノベラのヒロインでさえ、ひとりで生きていきたいとはいいません。

でも、わたしはそうしたいんです。

聖母グアダルーペさま。長いあいだ、わたしはあなたをわたしの家のなかには入れないつもりでした。だって、あなたの姿を見るときはママがいて、きまって父さんが酔っ払ってわめきながら家に帰ってきて、じぶんの人生がうまく行かないのはぜんぶママのせいだというときだったからです。

わたしが聖母さまの重ねた手を見るのは、たいていおばあさん《アブエラ》が「わたしの息子が、息子が、息子が……」とぶつぶついっているときでした。あなたを見ると、どうしても母さんやおばあさんが苦しんでるのは、なにもかもあなたのせいだ、母さんのそのまた母さんたちが、神の名のもとに耐え忍ばなければならなかったのはあなたのせいだ、と思ってしまうからです。だからわたしの家に入れることができなかったのです。

あなたには胸もあらわで、手には蛇を持っていてほしかった。牡牛の背中で飛び跳ねたり、トンボ返りをうったりしてほしかった。生の心臓を飲み下して、ゴロゴロと火山灰を吐きだしてほしかった。わたしは母さんやおばあさんのようになるつもりはなかったから。みんな、じぶんを犠牲にして、黙々と苦しみに耐えている。そんなのは絶対にイヤです。ここではダメ。

あたしはイヤです。

　あなたなしでやっていくのが簡単だなんて思わないでください。みんなからその力を分けてもらわなかったなんて思わないでください。異端者。不信心者。裏切り者《マリンチスタ》。下品なオシャベリ女《オシコーナ》。そういわれても、わたしは文句いうのをやめません。この口がいつだって災いのもとなんだけど。それが、大学でおまえが教わったことなのかい？　えらそうになんでもできる女ってわけかい？　やたら上等な考え方をしてわたしたちなんかもう相手にできないってのかい？　ボリーヤみたいな、白人女みたいな真似して。マリンチェだ。裏切り者だっていわれるのが辛くなかったなんて思わないでください。ママに、おばあさん《アブエラ》に、なぜわたしが彼女たちみたいになりたくないか説明しようとすると、そういわれたんです。

　どうしてこういうことになってしまったのか、よくわかりません。でも、あなたがだれなのか、やっとわかったんです。あなたは穏やかなマリアさまなんかじゃなくて、われらが母トナンツィンだってことが。あなたのテペヤックの教会は、トナンツィンを祭った神殿の跡に建てられたものです。どんな女神がなんといおうと、聖なる場所なんです。

　ひとつの国が生まれたとき、そして内戦のとき、それからカリフォルニアでの農場労働者のストライキがあったときも、人びとをまとめていく力をあなたはもっていたのですね。それでわたしは、たぶん、わたしの母さんの忍耐にも力があるんだって、おばあさんの辛抱にも強さがあるんだって思えるようになったんです。だって、苦しむ者は特別の力をもっているから、そうでしょ？　ほかの人の苦しみを理解する力。そして、理解することから癒しははじまるんです。

あなたの本当の名前が、「蛇を支配する力をもつ女神」のコアトラクソペウだってわかったとき、あなたが本当はトナンツィンだって気がついたとき、ほかにもテテオイナン、トシ、シヨチケツァル、トラソルテオトル、コアトリクエ、チャルチウトリクエ、コヨルクサウキ、ウイストシワトル、チコメコアトル、シワコアトルという名前があって、わたしの前に姿をあらわすときは、嘆き《ラ・ソレダード》の聖母だったり、治癒《ロス・レメディオス》の聖母や、永遠の救済《エル・ペルペトゥオ・ソコロ》の聖母、サン・フアン・デ・ロス・ラゴスの聖母、ルルドの聖母、カルメル山の聖母、ロサリオの聖母、哀しみの聖母だったりするんだって気づいたとき、わたしはもう母さんの娘であることを恥ずかしいと思わなくなりました。おばあさんの孫娘であることも、わたしの祖先の子どもであることも恥ずかしいとは思いません。

あなたの姿があらゆるもののなかに見えるようになったとき、ブッダ、タオ、本物の救世主《メシア》、ヤハウェ、アッラー、この空の中心《ハート》、この大地の中心《ハート》、近くて遠い神、霊、光、宇宙のなかに一度に見えるようになったとき、わたしはあなたを愛することができました。そしてようやく、じぶん自身を愛せるようになったのです。

＊

全能の神であるグアダルーペであるコアトラクソペウであるトナンツィンさま

どんな「ちいさなお供え」をここにピンで留めたとお思いですか？　髪の房です。わたしの感謝の気持ちを知ってください。

ロサリオ（チャヨ）・デ・レオン

オースティン、テハス

ロス・ボクサーズ
トランクス

そら！　いくぞ！　おまえのソーダ水だ。ほらっ。おおっと、ありゃあ。ママ、こっち来てこのちびをつれてってってくれ。この子をみててくれ、こいつ、裸足だから足を切っちゃうかもしれないからさ。モップで拭かなきゃだめかな、これ？　おれはずっとこういうのこぼしたことなかったけどな。子どものころから、たぶん。ソーダ水をこぼした記憶なんて思い出せないよ。ビッグレッドってのはまったくべたべたするよなあ、だろ？　服についたら洗ったって落ちないし、ガキどもの口はクラウンみたいに真っ赤になるし、な？　あの子はそりゃかわいいよ。ほんと。けどさ、ガキってのは、ちっちゃいときはあんなにかわいいのに、みっともなくなりはじめたらもう手遅れだな。そいつらのこと、こっちが愛しちまってるからさ。

次からは、ガラス瓶に入ったソーダ水なんか買わないようにしなくちゃ。とくにビッグレッドはダメだ。だけど、あいつらがいちばん買ってきてくれってせがむのが、これなんだよなあ、だろ？　おまえ、おれのカゴを持っててくれるっていったじゃないか。こっちの手はまだ空いてないいんだぜ。

女房が死んだころは、カラベラス通りのほうの、ここよりずっとでかい店にいってたんだ。ここはたいしたことない。あそこはマシンがここの二倍はあったな。二五セント玉で一五分まわる乾燥機があって、ポリエステルみたいにあっというまに乾いちまうやつのために余計な金を使わなくてすんだ。二台しかなかったけどさ……だから空いたらすかさず順番とらなくちゃならなかった。

ここじゃなんでもかんでも三〇分で五〇セントだもんな。二五セント玉を何枚も入れることになるからやたら高くつく。たまに、まだ時間が残ってるマシンにあたったりすると、もうけもん、いいか。すぐに乾く薄手のものを投げこめばいい。ソックスとかちっこいタオルとか、五五セントのシャツとか、それならたぶん縮まないですむ、だろ?

でもさ、おれのジーンズなんか三〇分以上かかるんだぜ。三〇分でもしっかり乾かない。でも、もう五〇セント入れるより、湿ったままのを家に持って帰って、窓んとこに吊しておくんだ。だって、おれはローで乾燥機をまわすからさ。前はハイでまわしてたんだけど、そうやると、はくときにいつだってキチキチで。Kマートの女店員が、ジーンズはローで乾かしたほうがいいよ、じゃなきゃ、縮んではきにくくなるって教えてくれたんだ。彼女のいうとおり。で、おれはいまじゃいつでもローにする、な、時間かかるし、三〇分まわしてもまだ生乾きだけど。そうしとけば、なんとかまともにはけるからさ。おれもずいぶんと学習したもんだ。

ほかにも、知ってるか? 洗濯するときは、服を温度べつに分けるだけじゃだめなんだぜ。

重さで分けなきゃ。タオルはタオルでまとめる。ジーンズはジーンズで。シーツはシーツでべつにするんだ。それから、かならず水をたっぷり入れる。それが一等大事なコツだ。マシンがでかくて洗濯物が少ししかなくてもそうする。水はたっぷりだ、いいか？　そうすれば洗濯物がきちんと洗えて、傷みも少なくて、長持ちする。そいつがもうひとつの大事なポイントだ。

やっちゃいけないのは洗濯物を乾燥機のなかにそのまま放っておくこと。いやいや、礼なんかいいさ。がんがんまわしとかなくちゃダメ、な？　そのうち回転が止まる、そしたらすぐに取りだす。でないと、あとから、やたら手間かかることになるからさ。

おれのTシャツなんか一五分乾燥機にかけただけで縮んじゃうんだぜ。高温でも低温でも。Tシャツってそういうもんだから。いつだって、どうやったって、ちょっとだけ縮む。おっかしいよな、Tシャツって。

どうやったら汚れがしみにならないか、知ってるか？　あててみろ。氷だ。そう。それは女房が教えてくれた。こいつ、頭がいかれてるんじゃないかって思ったもんだけど。おれがテーブルクロスになんかこぼすとさ、いつだって女房のやつ、冷蔵庫まですっとんでったな。おれがシャツに煮込《モ》みのソースをこぼすと、氷。タオルに血がついても、氷。居間の敷物にビール引っくり返しても、わかるよな、氷だ。

ああ、あいつはきれい好きだったなあ。家にあるのはみんな古いもんなのに、新品同様だった。タオル、シーツ、刺繡したピローケース、それからドイリーみたいにちっこくて細長いテーブルランナー、椅子の背の頭のところにかけるあれだ、どれもこれも尼さんの着る服のカラーみたいにピンと真っ白にしてたよなあ。ほんと。なんでもかんでも糊をきかせてアイロンをかけるんだ。おれのソックスやTシャツにまで。トランクス《ロス・ボクサーズ》にまでアイロンかけるんだぜ。いやあ、あいつの氷にゃまいったな。でもさあ、あいつは、女房は、死んじまった。ま、人生なんてそんなもんだけどよ。

男がいて女がいた

ひとりの男がいて、ひとりの女がいました。給料日ごとに、金曜日ごとに、男は「フレンドリー・スポット・バー」へ酒を飲みにいって金を使いました。給料日ごとに、金曜日ごとに、女も「フレンドリー・スポット・バー」へ酒を飲みにいって金を使いました。男は毎月、第二、第四金曜日に給料をもらっていました。女は第一、第三金曜日でした。だから、男と女が知り合いになることはありませんでした。

男は友人たちと、とことん飲みました。とことん飲めば、じぶんが感じていることがもっとたやすくことばになって、出てくるはずだと思ったからですが、たいてい、ただだまって飲んでいるだけでした。女も友人たちと、とことん飲みました。とことん飲めば、じぶんが感じていることがもっとたやすくことばになって、出てくるはずだと思っていたのですが、たいてい、ただだまって飲んでいるだけでした。隔週の金曜日ごとに、男はビールを飲んで大きな声で笑いました。それとは一週ずれた隔週の金曜ごとに、女もビールを飲んで大きな声で笑いました。

家では夜になると月が出て、女はぼんやりした目で、月をあおいで泣きました。男はベッドで、それとおなじ月をじっと見ながら、じぶんより先にこの月を見ていた、おおぜいの人たちのことを考えました。そのおなじ月の下で、立派に、黙々と礼拝をしたり、愛したり、死んだりした人たちのことです。いま窓から差しこむ青い光が、ぼおっと光る白いシーツの上でもつれあっています。まるいお月さまと、ぽっかりまるく開いた口。男は月を眺めて、ごくんと唾を飲みこみました。

ティン・タン・タン

わたしがひどく貧しいゆえに、既婚の不運を背負うゆえに
わたしを捨てた、女よ。どうすればいいのか
わたしが見捨てられた者ならば、
見捨てられたのは、神への愛ゆえであってほしい。
「見捨てられた者《エル・アバンドナード》」

わが魂に刺さりしちいさき棘、靴のなかの小石、わが生命の宝石よ。この心を引き裂いた官能的な、人形のような女よ。教えてくれ、残酷なまでに美しきわが愛しき人よ。なにゆえわたしをこれほど苦しめるのか。わたしは貧しく、しかもその愛をえられぬとは、なんという不運。この心には、その愛撫への憧れが蕾となってふくらみ、喜びが明日に向かって花をつけた。ああ、しかしいま、黄金の夢はもぎとられ、わたしは苦悩の聖杯に、雨中に投げ捨てられた脆き白花のように震えおののく。わたしの生命を返してくれ。この不条理の苦しみを断ち切ってくれ。さもなくば、ロヘリオ・ベラスコの愛はむなしく終わるだけ。

死が二人を分かつまで、とその目はいっていたのに、心からではなかったのだ。なにもかも、

すべては幻。気まぐれな、移ろいやすい女心よ。なにをかくそう。わたしはいま、苦しみと忘却のはざまで途方に暮れている。この涙がむなしいものになるならば、女王よ、知るがいい、それはおまえのせいだ。傷つきやすいこの心も永遠のものではなくなるだろう。

なにも知らずにおまえの家の扉をたたいたとき、待ち構える運命を、天の神は知っておられた。制服に身をかため、商売道具をたずさえて、待ち受ける運命をつゆ知らず、わたしは扉をたたいた。諸手をあげてわたしを迎えたおまえよ、大切な心は閉ざしたままに。

神の思召しがあるならば、心からのこのことばは、きっとおまえに届くはず。その家にはびこるいまわしき疑念を、きっと取り除くことができるはず。わたしが捧げた清らかな愛では足りなかったのか。蜜のしたたるその美酒を、いま、だれが味わっているのか。だがしかし、ロヘリオ・ベラスコが愛したほどに、誇らかに、真心から、おまえを愛する者はいないだろう。

人はだれしもわずかながら、詩人と狂人の気があるものだ。おまえの至高の宝がえられるならば、この生命さえ惜しくはない。宝石や富ゆえに、その心をとらえる者もいるだろう、だが哀れなわたしにかなうのはこの慎ましい手法だけ。

ひとり、この世にただひとり、神への夜想曲を歌いつづけるナイチンゲールのような、悲しくちいさなこの身よ。さしも優しき甘美なる愛が、わが苦しみの十字架になるとは。いやいや、おまえの愛らしき唇をいま一度、受けられるとは思わない。この目は泣き疲れ、心は打ち倦んでいる。クリスタルの曙光さす寸前、あるいはかわたれどきに向かう一瞬、わたしを思いだすときがあるならば、涙の花束だけでいい、渇ききったわが墓に供えてくれ。

タン・タン、

すごく《ビエン》きれい

俺は出ていく
サンアントニオにおまえを残して

……フラコ・ヒメネス

美男というわけじゃなかった。彼と恋に落ちたりしなければ。あのころは会う人会う人みんな、サルのような目に、焦がした砂糖みたいな肌をして、顔は面長じゃなく横幅があって、まあ、それが待ち構えていたものだったわけ。

彼の家族はミチョアカン州の出身だった。みんなずんぐりタイプ《チャパリトス》で、だれもかれもメキシコ人の標準からいっても背が低かったけれど、でも彼は、わたしには完璧だった。

悪いのはわたし。フラビオ・ムンギーアはごくふつうの男だった。わたしに会うまでは。わたしがあいつの頭にいろんなことを吹きこんだものだから、愛しい人《カリニトス》なんていったものだから、あいつはすっかり堕落してしまった。道を踏み外してしまった。相手の目をじっと見て話すようになった。だれかれかまわず女の尻《ナルガス》や胸《チチス》をちら見するようになった。ごめんね。

男に一度、美男なんていってしまったら、もう取り返しがつかない。男たちはじぶんがいつでも美男だと思いこむ。たしかに、それなりの美男になるのかもしれない。そう信じこむわけだから。わたしもむかし、じぶんが美人だと思いこんだことがあるけど。フラビオ・ムンギーアはわたしの分まで、美しさをぜんぶ着込んで去ってしまった。

故郷で美男といっしょになった女友だちのことを知らなかったわけじゃない。彼女たち、いまでは実際の年齢よりも倍はふけてみえる。心のなかに、腹のなかに、忿懣やるかたない思い《コラヘス》をかかえているからなんだ。

だって、美男なんてやけに派手な車とか、上等なステレオとか、電子レンジみたいなもんだから。遅かれ早かれ、そのうち、あなたはそれでじぶんの首を絞めることになるの。わたしのいってる意味、わかる?

フラビオ。彼は詩を書いて、それに「ロヘリオ・ベラスコ」とサインした。ひょっとしたらわたしはまだ彼を恋しく思ってるのかもしれない。あいつがこれまでふたりの女と結婚したりしていなければだけど。ひとりはタンピコで、もうひとりはマタモロスで。まあ、そういう噂なんだけど。

よりによって、なんでわたしがそうなってしまったかなんて、知るもんか。ルーペ・アレドンド、汝、女のなかでもとびきり愚かなるものよ。かつてわたしは船上の水夫のように確かな足取りで、ふらつくことなく激動の日々も制御下におさめていたのに、そこへ、フラビオ・ムンギーアがやってきたんだ。

フラビオは、くるっと筒状に巻いたピンクの広告ビラを経由して、わたしの人生に舞いこんできた。表の門の渦巻き格子にはさみ込まれていたビラ。

$スペシャル$

お知らせ

ゴキブリおよび害虫駆除・処理会社

十年以上の経験有り

だれもがダイッキライなゴキブリでお困りの方、でも、家中のゴキブリ退治のためにそんな$$$大金なんて出せないとおっしゃる方に、耳よりのお知らせ！　当社では、台所、冷蔵庫、ガステーブルの下と裏、食器棚のなか、それにリビングルームまでぜんぶあわせて、たった$20で、やっかいものをきれいさっぱり駆除いたします。この破格値は嘘ではありません。すぐにお電話ください。番号は555―2049、ポケットベルなら#555―5912。当社ではクモ、甲虫、サソリ、アリ、ノミなどの駆除も行っております。

¡¡悩まずに、いますぐお電話を!!

電話してよかったと思うこと必至です。どうぞお試しください。
これできれいさっぱり、お宅のゴキブリ《クカラチャ》もあの世行き。
（＊ワンルーム追加につき、別途$5いただきます）

そして、死んだゴキブリが仰向けにひっくりかえっているイラストが描いてあった。

川のせいだ。ナツメヤシやピーカンの木もあるし、それに湿気。パルメットヤシにつく甲虫もわんさといるし、ゴキブリなんか、こんなにでっかくて、もう氷河時代から生き延びてきたようなヤツだ。こんなのは見たことがなかった。カリフォルニアにはこんな甲虫はいなかった。少なくとも入江の近くには。でもみんながいうように、テキサスじゃなんでもでっかくて上等、とにかく甲虫を見るかぎり、それはまぎれもない真実だ。

つまり、わたしは川のそばの、床にコカコーラ色のラッカーを塗った家に住んでいる。家はわたしのものじゃない。イラセマ・イサウラ・コロナードのものだ。イシュタクシワトル山あたりからまっすぐ降りてきたような感じの、テキサスでは名の通った詩人。彼女の夫は神の下僕、ウイチョル人の祈禱師《クランデーロ》、彼女自身も超一流で、ソルボンヌの哲学博士号をもっている。

フルブライトの奨学金が出たんでふたりは急きょナヤリット州へ一年間でかけることになり、わたしがイースト・グンサー通りにあるこのターコイズ色の家に住むようになったってわけ。グンサー通りといっても例のキング・ウィリアム歴史地区のどまんなかではなくて、そんな名で呼ぶにはふさわしくない南アラモ通りの、小作農階級が住んでる側だ。でも近くには立派なお屋敷街があるので、きっかり一時間おきにペプトビスモルがやってくる――強烈ピンクの観光バス、ソンブレロを被ったやつだ。

「彼女の高級な」家の留守番をはじめたその月に、わたしは「ゴキブリおよび害虫駆除・処理会社」に電話した。住居をともにしていた相手は次の通り。

オアハカ州の黒い陶器の破片が八個
ディエゴ・リベラのサイン入りモノタイプの版画
アップライトピアノ
星形のピニャータ
糸に通したレッドチリみたいな五本の電飾
アンティックなスペイン風ショール
ハイチのブードゥーに伝わる聖ジャック・マジャールの旗
カプチーノ用のコーヒーメイカー
オリナラ産のレモンの木でできたテーブル
女神コアトリクエのレプリカ
等身大の張り子の骸骨（リナレス家のサイン入り）

フリーダ・カーロを祭る祭壇
ブリキに穴を穿った、聖母グアダルーペのシャンデリア
メキシコのサラペで作ったクッションが乗ったカウチ（木の枝を曲げて作ってある）
一七世紀スペインのレタブロ
「生命の樹」の燭台
サンタフェ・プレートを立てたラック
ヴィンテージ物タラベラ陶器にそっくりなメキシコ製の皿類（二セット）
神の目《アイ・オブ・ゴッド》の十字架像
節目のあるパイン材製大型衣装ダンス
飾り穴つきブリキの扉で開閉する食品戸棚
口がかすかに開いたパンチョ・ビリャのデスマスク
アームと脚にロングホーンを使ったテハノ風の牛革張りの椅子
アフガニスタン製の小型の敷物（七枚）
蚊帳を吊した鉄製ベッド

そんなレースと絹と磁器の、いかにもアメリカ南西部風の趣向の下に、「ドゥエルメ、ミ・アモル……おやすみ、マイ・ラブ」と刺繍された枕や、エジプト綿のシーツとアイレットワー

クのベッドカバーの向こうに、寝室の薄いカーテンをかすかに揺する微風、青い庭、ピンクのアジサイ、金縁のティーカップセット、アワビの貝殻が把手にはめこまれた銀器、黒曜石の櫛、マグノリアの花の香りのする粉砂糖をまぶしたべたつく咳止めドロップの背後に、いたいた、ゴキブリめ。

衣装ダンスの扉を開けるのがこわかった。暗くなってからは台所に行かないようにした。やつらはみんなコカコーラ色で、床とおなじ色だから、パニックになって逃げだすときでなければ見分けがつかない。

最悪なのはやつらの大きさではない。靴の下でたてるグシャという音でもない。体から沁みでる脂っぽい黄色い汁でもないし、体をおおっているポップコーンの殻みたいな半透明の薄い翅鞘でもない。空中に羽を広げてこっちの頭めがけてブーンと飛んでくるかもってことでもなかった。そうじゃない。

ゴキブリでわたしががまんできないのは、あいつらが真夜中にあわてふためいて逃げることだ。内側にくの字に曲がった醜い足、あの足がたてるガサガサッという音、床に死体をひきずってるようなあの音。狂宴さながら貪り喰うばかでかい音。アイリッシュリネンのテーブルランナーの上をカサカサッと進んで止まり、コーヒーの粉をこぼしたような黒い糞を残し、机の抽き出しの真っ白なタイプ用紙の束の上でべたつく足がガサゴソやって、わたしの一等大事なキャンバスに、ウェッジウッドのバラ模様のティーカップセットに、寝室の壁にかかったピクトリア朝レースのウェディングドレスに、カスミ草のドライフラワーに、白いヤナギ細工の小物入れに、カットワークのピローケースに、トレス・フローレスのヘアオイルの匂う、この漆黒の髪の毛にまで寄ってくるゴキブリ。

フラビオ、本当だよ。その家にわたしはうっとりした、あのときも、いまでもそう。民族アートの数々、タンジェリン色の壁、夕暮れにはウラカス〔カササギ〕が鳴く。でも、あなただったら、どうしただろ？　わたしははるばるカリフォルニア北部からこのテキサスのど真ん中へ出てきた。じぶんの過去をヴァン一台に積みこめるぎりぎりまで整理して、車を飛ばしてやってきたんだ。フトン。ステンレス鋼の中華鍋。おばあちゃんからもらったモルカヘテ〔サルサを作るための石臼〕。踵のゆがんだフラメンコシューズ一足。ウイピルが一一枚。肩掛け《レボソ》が二枚、ボリタのレボソ〔糸束が玉（ボリタ）に巻かれていたのでその名がついた〕と絹のレボソ。跆拳道《テコンドー》のユニフォーム。水晶とコーパル。大型ラジカセと、ありったけのラテンミュージックのテープ……ルベン・ブラデス、アストール・ピアソラ、ジプシー・キングス、インティ・イジマーニ、ビオレッタ・パラ、メルセデス・ソーサ、アグスティン・ララ、トリオ・ロス・パンチョス、ペドロ・インファンテ、リディア・メンドーサ、パコ・デ・ルシア、ローラ・ベルトラン、シルビオ・ロドリゲス、セリア・クルース、ファン・ペーニャ「エル・レブリハーノ」、ロス・ロボス、ルチャ・ビヤ、ドクター・ロコと彼のオリジナル・コリード・ブーギー・バンド。

もちろん、テキサスに行ってもいいと決めた日、面倒なことにじぶんからはまり込んでいくことになるのはわかってた。でも、フラビオ・ムンギーアが害虫駆除のヴァンに乗ってあらわれたとき、わたしがどんなことに巻きこまれるのか、易経占いだって警告できなかったと思う。

*

「テキサスだって！　いったいそこでなにをするつもり？」ベアトリス・ソリスはそうきいた。昼間は刑事被告人の弁護士、夜はアステカ・ダンスのインストラクターをやってる、なんでも打ち明けあう親友《コマードレ》だ。ベアトリスとわたしの友情はものすごく古い。バークリーのスーパー「セイフウェー」前で葡萄のボイコットを呼びかけたデモにまで遡るんだから。わたしがいってるのは、最初の葡萄のストライキのことね。

「一年ほど、テキサスへ行ってこようかな。短くてそれくらい。それほど悪くないと思う、きっと」

「一年も！　ルーペ、あんた、気でもちがったの？　あそこじゃメキシコ人をメスキンって呼んで、いまだにリンチしたりするんだよ。みんな、チェーンソーやら銃を何丁も持ってて、ピックアップに南部連合の旗つけたりしてる。あんた、こわくないの？」

「あんた、ジョン・ウェインの映画の観すぎだよ」

じつをいうと、わたしもテキサスはすっごくこわかった。テキサスでわたしの知ってることといえば、大きい。暑い。それに、ひどい。ついでにもうひとつ、母さん流に「テハノ（テキサス風）」を「テハ・ノー・テ」っていうことかな。これって「テクセッシブ」って感じなんだけど、ちょっとレッドネック風な、田舎っぽいことば。母さんはよく「それをはじめたのは、そんなテハ・ノー・テのひとりだった。あの人たちがどういうふうか、知ってるでしょ。四六時中、喧嘩ばかりやってる」といってた。

　サンアントニオのコミュニティ文化センターの指導員をやらないかという話に、やります、とわたしは答えてしまった。エドゥアルドとわたしは破局を迎えたばかりだった。永久に。セ・フィニ、おしまい。道は行き止まり。アディオス、イ・スエルテ……さよなら、幸運を祈る。サンフランシスコは、二人三脚の心境から抜けだせないまま歩きまわるには、ちょっと狭すぎる街だ。カフェ・ピカロは、エディのお気にいりの場所だからもう行くわけにはいかない。カフェ・ボエムにもあまり行かなくなった。ラ・ガレリアでやってたオープニングも、いいのをいくつか逃した。エディとばったり出くわすのがこわかったわけじゃない。「ラ・オトラ」と鉢合わせするのが、あの強敵と顔を合わせるのがこわかったのだ。メリルリンチの財政コンサルタント。金髪だ。

　あの夏わたしがウェイトレスをやって生活を支えた、エディ。ふたりとも学費のローンを払うためにがんばって働いていたんだ。それに、ボールミーにあった、あのちっぽけなアパートの家賃も。わたしたちが恋に落ちていたときはたっぷり大きかったのに、愛が不足してくると狭すぎたあのアパート。エディとは、わたしがコミュニティ・カレッジで教えるようになる前の年に出会った。ちょうど彼が、この地域をまとめて組織を作るのをあきらめて、法律家補助員のパートタイマーとして働きはじめた翌年だった。サルサの踊り方を教えてくれたエディ、夜も昼も、グアテマラ、エルサルバドル、チリ、アルゼンチン、南アフリカの人権についてレクチャーしてくれたエディ。でも、オークランドの黒人やテンダーロインあたりの子どもたちの権利や、彼とベッドをともにしている女たちのことは、ひと言もいわなかったね。わたしのエディ。あのエディがブロンドといっしょだなんて。あいつは肌の色の濃い女たちを選ぶ慎みさえもちあわせていなかったんだ。

*

ヴァンの荷物を降ろしてからまだひと月もたってないのに、もうわたしはサンアントニオに来たのは絶対まちがいだったと思っていた。どうしてスペイン人の神父がこんな人気のないところに正気で腰をすえて伝導所を建てる気になったか、どうしても理解できなかった。何キロも行かなければまとまった水もない地域だってのに。わたしはいつも海のそばに住んできた。だから陸に閉じこめられて、土埃に息がつまりそうな気がしていた。光があんまり白っぽいのでめまいがしたし、太陽の光でタマネギみたいに漂白されてる感じだった。

気分が落ちこんだとき、わたしはいつも入江に行った。車でオーシャンビーチに行くことにしていた。ただ座ってるために。どういうわけか、海を見ていると、寄せては返す波を見ているととても穏やかな気持ちになっていくのがわかった。なんだか、じぶんがその波のひとつひとつに乗っているような、はるか沖の、そのまた向こうの遠い岸辺までつながっているような気がしたのだ。

でもこのサンアントニオには、その代わりになるものがなにもなかった。サンアントニオの人はどうしているのかな。

アートセンターでは、週六〇時間の仕事に就くことになった。家に帰ってから創作をする時間がぜんぜんない。仕事が終わったらグッタリで、カウチに寝転がってコロナをボトル半分と夕食代わりのハワイアン・ポテトチップを一袋あける悪い癖がついてしまった。真夜中に目が覚めると、家中の明かりがつけっぱなしになってて、髪の毛は箒みたいにボサボサ、顔には折り紙みたいな変なあとがくっきりついて、服は長距離バスの乗り場にいる人たちみたいにしわくちゃだ。

まるめたピンクの広告の紙があらわれた日、うたた寝から目が覚めると、でっかいヤツがハワイアン・チップスの上にかがみこみ、もう一匹がビールびんの底で酔っ払っていた。次の朝「ゴキブリおよび害虫駆除・処理会社」にわたしは電話した。

＊

というわけで、あなたが壁と床の境目の板にスプレーを吹きつけているあいだ、ホースをシューッとやって、金色のポンプをカチンと鳴らし、革の万能ベルトを腰のまわりにぶら下げながら、カップボードの奥やシンクの下までホースを差しこんでいるあいだ、わたしは考えていた。うむ、この人なら完璧なプリンス・ポポになる、わたしが描こうとあれこれ考えてきた絵のなかで。

プリンス・ポポカテペトルとプリンセス・イシュタクシワトルのふたつの火山にまつわる神話の現代版を描こう、ずっとそう思ってきたのだ。あの悲劇的なラブストーリーも、古典的なものから変形を重ねて、いまでは「ヒメネス精肉店《カルニセリア》」や「ラ・グアダルーペ・トルティーヤ店」などで手に入るような、キッチュなカレンダーに使われるまでになった。カレンダーの絵には、ジョニー・ワイズミュラーみたいな体格の半裸のインディアン戦士ふうプリンス・ポポが、インディアンのジェイン・マンスフィールドみたいにふくよかな肉体で眠ってるプリンセス・イシュタクシワトルのそばに膝をつき、悲しみに打ちひしがれている。そしてその後ろには、彼らのシルエットに響きあうかのように、ふたりの名前の由来となった火山がそびえていた。

うへっ。わたしならあれよりはうまく描けるな。おもしろくなりそう。あなたは、ちょうどわたしが待っていたプリンス・ポポかもしれない。眠ってるオルメカ人の顔に、すごく東洋的な目をして、厚ぼったい唇に胡坐をかいた鼻。縞瑪瑙に彫りつけられたプロフィールだ。考えれば考えるほど、そのアイディアが気に入ってきた。

「あたしのモデルとして働かない？」

「はあっ？」

「あたしね、アーチストなの。モデルが必要になることがあって。ときどきね。モデルやってよ。絵を描くための。あなたは適役。すごくいいものをもってる。顔だけど」

フラビオは大声で笑った。わたしも大声で笑った。ふたりして大笑い。大笑いして、それからまた、ふたりして笑った。いいかげん笑いすぎて、もう笑えなくなると、彼は持ってきたアリ用捕虫器と噴霧タンクとスチールウールをしまって、仕切り箱をカタンと収めて、道具箱の掛け金をかけて、鍵もかけて、ヴァンのドアをバタンと閉めた。それから大声で笑って、車で走り去った。

＊

イースト・グンサー通りの家にはなんでもあったけれど、洗濯機と乾燥機だけはなかった。

そこで毎週日曜の朝、わたしは汚れた衣類をいくつかのピローケースに詰めこんでヴァンに放りこむ。それからサウス・プレサ通りにある「クウィク・ウォッシュ」に行く。ぜんぜん苦にならない。ほとんど好きといっていいくらい。だって通りの向かい側に「ここはタコスの国だ」って表示を出した「トーレス・タコ・ヘイヴン」があるから。うんと朝早く起きれば、五台ある洗濯機ぜんぶに洗濯物をいっぺんに詰めこむこともできる。それからコーヒーを飲みにいって、ポテトとチリとチーズが入った「ヘイヴン」特製のタコスを食べる。少したったら、なにもかも乾燥機に放りこみ、それから店にもどって二杯目のコーヒーとトーレス・スペシャルを注文する。豆とチーズとグアカモーレ〔アボカドの果肉にチリソースを入れたペースト〕とベーコンの入った、小麦粉のトルティーヤだ。

でも、ある朝、洗濯と乾燥のあいまに、わたしが走っていって洗濯機から取りだした洗濯物を乾燥機に放りこんでいるあいだに、勝手にわたしの席に座ってるやつがいた。ジュークボックスの隣の窓際の席だ。頭にきて文句をいいに行こうとすると、なんとそれはプリンスだった。

「あたしのこと、おぼえてる？　グンサー通り六の一八」

そうきかれても、なんのことか、彼は思いだせないような顔だった。それから、ブラックバードがコーンをぶつけられて飛びあがるような、あの大きな笑い声をあげた。

「すっごいジョークに聞こえたかもしれないけど、本気だったのよ、あたし。本当に絵描きなの」

「俺のほうは、本当に、詩人《ポエタ》さ」といってから、スペイン語で「だれだってちょっとずつ詩人《ポエタ》と狂人《ロコ》みたいなところがあるだろ？」といった。それから英語で「でもおれのおふくろにいわせると、俺は詩人《ポエタ》より狂人《ロコ》のほうだってさ。残念ながら、詩は心の滋養にはなっても、腹の足しにはならないから。だから伯父さんと害虫を暗殺して歩いてるってわけ」といった。

「座ってもいい？」

「どうぞ、どうぞ」

わたしは二杯目のコーヒーとトーレス・スペシャルを注文した。ベタな沈黙。

「どのコースが好き？」

「美術史」

「ノノ、ノノ、ノノ、ノノ、ノー、そうじゃなくて」メキシコでいうみたいに彼はいった。ノーをぜんぶ短く短く短く切って、何度も何度もシャンパングラスからあふれるみたいに。

「コ、ー、ス、じゃなくてホ、ー、ス、、馬だよ」そういってヒヒーンといななないてみせた。

「ああ、馬か。わからない。ミスター・エド？」ばかげていた。馬なんてぜんぜん知らなかった。でもフラビオはにっこり笑った。わたしが話すときはいつでもそうするよ、というふうに、まるでわたしの歯に見とれるように。「ねえ、どう。モデルになってくれない？　いいでしょ？　もちろん、お金は払うから」

「服を脱がなきゃならない？」

「いやいや。座ってるだけでいい。立っててもいい。なにをしてもいい。ポーズを取ってくれればいいの。ガレージがスタジオで。あなたらしくしてるだけで、お金がもらえるわけ」

「ノーっていうとしたら、どんな話をでっちあげなくちゃならないかなあ？」彼は紙ナプキンにやけに絡まった丸い文字で、黒々と名前を書いてくれた。「ここに伯父さんと伯母さんの電話番号を書いておく。いっしょに住んでるんだ」

「それで、あなたの名前は？」文字が書かれた面を上にして、わたしはナプキンをくるっとまるめた。

「フラビオ。フラビオ・ムンギーア・ガリンド。なんなりとお申しつけを」

＊

フラビオの家族はひどく貧しかった。息子がやる仕事はせめて悪事に手を染めないものであってほしいと願うだけだった。運命によってフラビオが北へ行き、コーパスクリスティの「ルビーのカフェテリア」で皿洗いをすることになるなんて思いもよらなかった。

その仕事はポートイザベルに住む知り合いのところで、エビ捕りをして働いたひと月よりはまだましだった。それからというもの彼はエビをまともに見られない。皮膚も服もエビの臭いをぷんぷんさせて家に帰ることになって、汗までエビ臭くなってさ。手ときたらもう、切り傷、擦り傷だらけで、治るひまがないんだ。塩辛い水が手袋のなかに入りこんで、生傷をビリビリ、ズキズキいたぶる。それにエビの処理工場で働くのはもっとひどかった。一日中プチップチッってエビの頭もぎに、延々とつづくベルトコンベア。手はぶよぶよにふやけちまうし、やかましい機械の音で頭が割れそうになるし。

畑仕事もやった。キャベツ、ジャガイモ、タマネギ。ジャガイモはキャベツよりましで、キャベツはタマネギよりましだ。ジャガイモはきれいな仕事だよ。彼はジャガイモが好きだった。春の畑は朝なんかひんやりしてきれいで、作業しながら詩も数行思いつける。考えて、考えて、考える。だってこれに金を払ってくれるんだから、だろ？ といって彼はずんぐりした手を見せ、これじゃなくて、と心臓に手をあてる。

でもタマネギときたらクソッタレのひどい仕事だ。作業してる列の後ろで袋がどんどんふくらんでって、緑色のひげみたいなのをチョキチョキ切るんだけど、少しでも多く稼ぎたかったらスピードをあげるしかない。すごく切れるハサミを使うから、しょっちゅう指は切れる、そういうので気分がめっちゃ悪くなる……口のなかでタマネギと土埃の味がするわ、目はチカチカしてくるわ、畑で鳴ってたハサミの音がパチンパチンパチンって、家に帰ったあともずっと頭にこびりついて、ビール二本飲んでもまだ消えないとくる。

フラビオが家を出るとき母親が、手の爪をきれいにしていられる仕事だといいね、おまえ《ミホ》、せめてそれだけでも、といったのを思いだしたのはそのときだ。そこでコーパスへ向かい、ルビーの店に来た。
だから、フラビオの伯父さんのロランドが、彼に、サンアントニオに来て害虫駆除の仕事を手伝わないか……そうすれば商売がおぼえられるし、手に職もつく。害虫はどんなときだっているからな……といったとき、フラビオはそうすることにした。殺虫剤や毒物で頭が痛くなっても、家のなかを這いずりまわることになっても、ときには猫が用をたす場所に頭を突っこんで、あとから庭のホースで髪を洗わなくちゃならなくなっても、見たくないもの……オポッサム、ノネズミ、ヘビを見ることになっても、チキンフライ・ステーキやマッシュポテトを皿からこそげ落とすことにくらべればまだましだったし、洗剤入りの水に一日中手を突っこんでいるよりはずっとよかった。それじゃ女みたいだ。彼は、婆《ビエハ》さんみたいだ、といっただけだけど、そのほうがもっとひどい。

*

アラモ砦の真向いにあるウールワースでポラロイド写真を撮ってベアトリス・ソリスに送った。くねくねっとヘビみたいにまがったS字型カウンターで、火曜日のスペシャル料理——チリ・ドッグとフライドポテトとコークで二ドル九九セント——を食べてるわたしのセルフポートレート。「テキサスに深入りしないで」と書いてある絵ハガキの裏に、「幸いまた仕事を再開しました。ホンモノの仕事ね。『食べる』という習慣を満足させる賃仕事ではなくて、精神を満たすほうの仕事です。帰宅するとマジで足腰ガタガタだけど、ナニクソッって気持ちで絵は描いてます。隔週日曜に。やっつけるぞって感じで。体に気をつけて《クィダテ》、ガール。愛をこめて《アブラソス》。ルーペ」と書いた。

というわけで、隔週日曜に、わたしはやっとの思いでベッドから尻をもちあげてガレージのスタジオまで行き、このわたしの人生で、やる価値のある作業に取りかかった。フラビオはいつも先に来ていた。まるで彼がわたしを描くみたいに。

フラビオといっしょに仕事をしていていちばん気に入ったのは、話だ。彼がポーズを取っているあいだ、わたしたちはよく、どっちが面白い話をするかを競いあった。「お気に入りの悲しい話」。「これまでに食べたいちばんひどい食べ物」。「無礼で嫌な人物」。いまでもおぼえているのは、「最後には……報いが」といったふうに終わる話だ。本当は彼のおばあちゃんの話だったけれど、彼の語り方もうまかった。

俺のおばあちゃんのチャベラはここ、つまりサンアントニオの生まれだ。五人も亭主がいた。二人目の亭主フィリベルトは、みんなからフィトと呼ばれていた。ふたりのあいだにロランド伯父さんが生まれて、この話に出てくるころはまだ九か月。むかし農民市場が開かれてたあたりに住んでいた。コメルス通りとサンタローサ通りが交差するあたりの、二部屋しかないアパートだ。おばあちゃんの話では、きれいな皿や、アンティックの食器棚、ちいさなテーブルと椅子が二脚、料理用コンロ、カンテラ、刺繍したテーブルクロスとタオルがぎっしり詰まったヒマラヤスギのタンス、それに寝具の三点セットがあった。

それで、ある日曜のこと、おばあちゃんは妹のエウラリアのところへ行ってみようと思った。町のちょうど反対側に住んでいたんだ。亭主がテーブルの上にバス代にって一ドル札と小銭を少し置いて、気をつけて行っておいで、というんで彼女はでかけた。おばあちゃんはお菓子を一袋お土産にもっていくつもりだった。エウラリアはメキシコのキャンディが大好物だったから。焼いたミルクバー、ピーカン入りのカルメ焼き、カボチャの砂糖漬け、オレンジの皮の衣がけ、それからあのきれいな、赤、白、緑の、ちょうどメキシコの国旗みたいな色の、四角いココナツ菓子……これはほんとにおいしくて、食べはじめたらやめられなくなるんだ。

そこでおばあちゃんは「ミ・ティエラ・ベーカリー」に立ち寄った。そのときだ。通りを見ると、なんと亭主がそこで女にキスしてるじゃないか。体をぴったり押しつけ合って、まるで相手の服にアイロンをかけ合ってるみたいだったって。おばあちゃんがフィトに手を振った。するとフィトもおばあちゃんに手を振った。それからおばあちゃんは赤ん坊を連れて家にもどって、服をぜんぶ荷作りして、きれいな皿も、テーブルクロスとタオル類も荷物に詰めて、隣の家の人に、妹のエウラリアのところまで車で送ってほしいと頼んだ。ここを曲がって。あそこを曲がって。いいいい、いまいい走ってるのはなんていい通りだ？　そんなことどうでもいいから……あたしのいうとおりに行ってちょうだい。

次の日、フィトが彼女を探しにエウラリアのところへやってきた。あれはむかしからのただの友だちだって、しばらく、いやずいぶん長いこと会ってなかったからだって、おばあちゃんにいいわけした。でも三日後には、チャベラおばあちゃんとエウラリアと、赤ん坊のロランド伯父さんは車に乗りこんで、ワイオミングのチェイエンヌに向かった。そして一四年間そこで暮らしたんだってさ。

フィトは一九三五年に、ペニスの癌になって死んだ。梅毒だったんだと思うよ。野球チームの監督をしてたから、股のところに速球で一発食らったんだな。

＊

わたしは陰陽のことを説明していた。性的な調和によって、人間がどのようにして自然界の無限の力と一体化するか。大地は陰、つまり女。そして、天が男で、陽ってわけ。この二者のあいだの相互作用が宇宙のすべてを構成する。片方だけじゃダメで、いつももう片方もいっしょ。そうでなきゃバランスが崩れてしまうから。吸う息と吐く息。月と太陽。火と水。男と女。みんなたがいに相手を補い合う力で、一対になっている。

「へえ、メヒカーノの言語でいう、この世界の『空と大地』ってとこかな」とフラビオ。

「それ、いったいどこで学んだの？　ポポル・ブフ？」

「いや」フラビオはこともなげにいった。「おばあちゃんのオラリアからだ」

*

わたしは「力に満ちた時間のなかでわれわれは生きてる。現在のこの生き方を抜けだして、じぶんの過去を探さなくちゃ、われわれの運命を思いだすってのかな。じぶんのルーツにもどることは運命にもどることだって、易経でもいってるし」といった。

フラビオはなにもいわずに、じっとビールびんを見つめていた。なんだか長いあいだに感じられた。それから「あんたたちアメリカ人は時間についておかしな考え方をするんだよな」とはじめた。アメリカの北半分をぜんぶごっちゃにしないでよ、とわたしが反論しようとする間もあたえずに彼はいった。「あんた方は古代はもう終わったと思ってるけど、そうじゃない。一つの時代がもう一つの時代を乗り越えるなんて考えるのはばかげている。アメリカ的な時間は太陽の暦にそって進んでるんだ、たとえあんた方の世界がそのことを知らないとしてもだ」

それからビールを口元にもっていって、これでもかといわんばかりにぐさりとくることばで、こういった。「でも、俺になにがわかる、だろ？　しがない害虫駆除業者にさ」

＊

フラビオは「タオかなんだか知らないけど、愛はいつだって永遠のものだと思うよ、俺は。たとえその永遠が五分ぽっきりだとしても」ともいった。

＊

フラビオ・ムンギーアが夕食にくることになった。わたしは玄米と豆腐ですごく美味しいパエリアを作り、ピッチャーにはサングリアも入れた。ジプシー・キングスのテープがかかっていた。わたしはライクラのミニを着て、銀の鋲打ちをしたカウボーイブーツをはき、縁飾りのついたショールを、カルロス・サウラ監督の『カルメン』みたいに、ダンスキンのタイツまでとどくようにしてはおった。

夕食を食べながら、わたしはオークランドの女祈禱師《クランデーラ》から以前受けた心霊マッサージのことや、心を癒すアフロ・ブラジリアン・ダンスのことや、サンアントニオのどこかでガバッとまとまったお金が手に入らないかしらねとか、白人の女性がインディアンのシャーマンになりたいなんてそんな権利あるかしらとか、そんな話をした。フラビオのほうは、仕事仲間のアレックス・エル・グエロが、ある朝FMラジオの番組「107FM、K・スワーブ」に九番目に電話をかけただけで大当たり、ソニーのラジカセを手に入れた話やら、テンチャおばさんが牛の臓もつで作るスープは絶品だとか、コーパスを離れる前に「ジョニー・カナレス・ショー」のジョニー・カナレスとじぶんはロス・ブキスのことで賭けをしてから口をきかなくなってしまったとか、ミル・マスカラスよりもすごい体を作ろうと思って、毎週木曜の夜にカラベラス通りのジムに通ったこととか、「あの女《ラ・フラナ》」ってことばにあたる英語はあるのかとか、そんな話をした。

わたしはヘレスのシェリー酒を出して、アストール・ピアソラをかけた。フラビオは「生粋のタンゴ」がいい、こんな猫が泣いてるようなクズじゃなくて、ガルデルみたいなクラシックでロマンチックなのがいいといった。アフガニスタン製の敷物をまるめて隅に寄せ、ぐいっと引いてわたしを立たせて、ハバネラとかファンダンゴ、ミロンガの踊り方をやってみせてくれた。それからそういった踊りからどんなふうにタンゴが生まれたかを講釈してくれた。

それからいきなり外のトラックまで走っていった。彼がわたしとオリナラ産のコーヒーテーブルのあいだを横向きになって通り抜けるとき、彼の腿の裏側がわたしの膝をこすった。わたしの体中の毛という毛がぞくっと波打った。まるで水中植物が水の流れで揺れはじめたみたいだった。その余韻からまだ抜け切らないうちに、彼はプレーヤーにカセットテープをぽんと入れた。カチッとちいさな音がして、あまったるいメロディーが立ちあがった、鳩が先端をくわえた青いサテンの旗みたいに。

「ヴァイオリン、チェロ、ピアノ、サルテリオ。おじいちゃんたち《アブエロス》の時代の音楽だよ。おばあちゃんが俺にダンスを教えてくれたんだ……エル・チョティス、カンカン、ロス・バルセ。ぜんぶ失われた時代のものだ。遠いむかしのこと、ウッドロー・ウィルソン〔第二八代米大統領、一九一九年ノーベル平和賞受賞〕にちなんで犬に名前をつけるようになる前の、はるかむかしの話だな」

「先住民族のダンス、なにか知ってる？」ついにわたしはきいた。「エル・バイレ・デ・ロス・ビエヒトス——年長者の踊りみたいなの？」

フラビオは目をまるくした。わたしたちのダンスのレッスンはそれで終わり。

＊

「だれが着せたの？」

「シルバー」

「なに、それ？　店？　それとも馬？」

「どっちでもない。シルバー・ガリンド。サンアントニオのいとこ」

「なんでまたシルバーなの？」

「英語さ。シルベストレの代わりだよ」とフラビオ。

「あんた方って、アメリカ帝国主義の申し子だね」といってわたしは、彼のシャツのワニのマークをぐいっと引っ張った。

「べつにサラッペを着たりソンブレロをかぶったりしてメキシコ人になる必要なんかないだろ」とフラビオ。「俺はじぶんがだれだかわかってるから」

ぱっとテーブルを跳び越えて、オアハカの黒い陶器の破片を部屋の端から投げつけ、穴の開いたブリキのシャンデリアに跳び移り、ピストルであいつのリーボックにバンバンぶっぱなして踊らせてやりたかった。その瞬間、じぶんがメキシコ人だったらと痛切に思った。でも、彼のいったことは本当だった。わたしはメキシコ人じゃない。侮蔑語の連発がここまで出かかったけれど、それを浴びせてやる代わりになんとかぶつけてやれたのは、あたった瞬間にぼろぼろっと崩れてしまう粘土の小石一個だった。ペロ……「チクショウ」。投げつけることばにさえなってなかった。

＊

なんていったらいいんだろう、あなたにはなにかある。うまくいい当てられないなにかが。身のこなし方とか、じっとしてるところとか、フラビオ・ムンギーアにしかないもの。まるでその体が、あなたを愛している神さまの手で創られたことを、骨の髄まで記憶しているような、母さんのお話に出てきたあの神さまの手で創られたことを。

　神さまは人間をオーブンで焼いて造ったけれど、釜の最初の分のことを忘れてしまって、それで生まれたのが黒人。それから神さまは次の分を焼いたけれど、今度は心配しすぎて生焼けで取りだしてしまい、そうしてできあがったのが白人。でも三番目に焼いた分はみごとに輝く黄金色になって、そう、それが、ハニー、あなたとわたしね。

　神さまはあなたを赤い粘土から、その手で造ったんだね、フラビオ。粘土でできたちいさな頭部みたいなあなたのこの顔を、神さまたちはテオティワカンの地中から掘りだす。こっちの頬骨をつまんで、それからそっちも。目には黒曜石の火打ち石を使ったので、処女を投げこんで犠牲に捧げた泉のような暗色になった。髪は猫のひげのように剛い毛を選んだ。この鼻はじっくり考えたすえに決めたんだね、優雅な幅広の鼻。それから口、ああ！　静かでパワフルですごく誇らしげなありとあらゆるものが練りあげられてこの口になった。それから神はあなたを祝福したんだね、フラビオ。焦がしたミルクキャンディのようにあまくて、川面のようになめらかな肌。神はあなたをすごく《ビエン》きれいに造った。わたしにはいつもわかっていたわけじゃないけど。そう、神はそうしたんだ。

＊

ロメリア。永遠に。彼の腕がそういった。永遠にロメリア、むかし黒かったインクがぼやけて青くなっている。ロメリア。ロメリア。うっすら青い七文字「Romelia」は血管の色。前腕の筋肉が盛りあがって平石のようになっているところで「ロメリア」と語りかけた。あの人がわたしを抱くと、その「ロメリア」がぶるぶる震えた。ベッドの上にある誓願ランプの光に照らされる「ロメリア」。ところが、わたしが彼のシャツのボタンをはずすと、左の乳首の上で交差する旗が「エルサ」とつぶやいた。

＊

これまで男とスペイン語で寝たことはなかった。スペイン語が第一言語の男とってことだけど。ちょっとイカれたグレアムってのがいたな、アナーキストの労働者オーガナイザーで、ハラペーニョの食べ方やらトラック修理工みたいな罵倒の仕方を教えてくれたけど、彼はウェールズ人で、スペイン語はボリビアに銃の密輸をしておぼえたんだ。

それにエディも、もちろん。でもエディとわたしは、このアメリカの教育制度の産物だった。なんかやさしいことをいおうとすると、ルイス・ブニュエルの映画のサブタイトルみたいに聞こえた。

でもフラビオは。フラビオはうっかり親指をハンマーでたたいたとき、英語ふうに「アウチ！」といわずに「アーイ！」と叫んだ。スペイン語ネイティヴかどうかを知る絶好のテストだ。

アーイ！　男とスペイン語で寝る、アルハンブラ宮殿みたいに濃《こま》やかに献身的に。恋人にため息混じりに「ミ・ビダ、ミ・プレシオーサ、ミ・チキティータ……あたしの命、あたしの大事な人、かわいい人」といわせて、赤ん坊をあやす言語で、おばあさんがぶつぶついってた言語で、きみの家みたいな匂いのすることばをささやかせる。小麦粉のトルティーヤの匂いとか、あんたの父さんの帽子の内側の匂いみたいな、台所でみんないっぺんにしゃべりはじめるとか、窓を開けたまま寝るみたいな、ママがパパとシアーズに買物に行ったあとでいつも下着を入れるタンスに隠す、四分の一ポンド入りのしわくちゃの袋からカシューナッツをちょっと失敬するときみたいな匂い。

あの言語。ナツメヤシの葉やフリンジつきのショールでさっと撫でるあの感じ。びっくりどぎまぎするあの感じ、ゴールドフィンチの心臓とか扇のひと揺れみたいな。ちっともダーティだったり、グサッときたり、センチすぎる響きがない。また英語で男と寝るなんて考えられる？　糊のきいたr音やg音のある英語。パリパリのシーツみたいな音節のある英語。リンゴみたいにぱりぱりで、帆布みたいに弾力があって強張った英語。

でもスペイン語は絹みたいにふわふわっと渦を巻いて、丸まったり縮んだりシューッと音をたてたりする。わたしはフラビオをぴったりと抱く。わたしの心の入口に、この腕のなかに。

信じられない幸福感。ひとりでにため息が出て、息を吸いこんだ胸からもれるうめき声があんまりかすれて埃っぽいので、じぶんでもドキッとした。わたしは泣いていた。それにはふたりともびっくり。

「ねえ、痛かったかな?」フラビオが、あの、もうひとつのことばでいった。

「ううん」やっとの思いで口をぎゅっと結んで、首を横に振ったけど、またしてもすすり泣きが波のように押し寄せてきた。フラビオがわたしを揺すり、あやし、また揺すってくれた。

「ヤ、ヤ、ヤ、よしよし、ほらほら」

いいたいことがいっぱいあったのに、そのとき頭のなかに浮かんでいたのは、何年も前に読んでそのときまですっかり忘れていたジョージア・オキーフの手紙の一行だった。フラビオ……じぶんが花になったみたいに感じたことある?

＊

ビールを一本もってわたしのヴァンに乗る。フラビオが運転する。フラビオの横顔を見つめる、彼のあの美しいタラスカ人の顔、なんていうか、翡翠に彫りこむのにぴったりの顔。ドライブのあいだじゅう、ことばを交わす必要を感じないまま、すごく心地よくて、一本のビールから代わる代わる飲む。ビンを行ったり来たり、行ったり来たりさせながら、たがいに目のすみで相手をちらっと見たり、口元にちらっと微笑みを浮かべたり。

＊

いったいわたし、どうしちゃったの？　フラビオはただのフラビオで、以前ならいちいち目に留めたりしなかった男だ。でもいまは、彼のことを思わせるどんな人も、あのおなじ黒砂糖の肌をした赤ん坊とか、「ハンディ・アンディ」の安売りの列に並んでる丸顔の女とか、買物袋を車まで運んでくれる引き締まった腰つきの少年とか、「クウィク・ウォッシュ」で見かける、海にすむ巻き貝のようにきめの細かい耳をした子どもまで、つい、じっと見つめながら、その場にたたずんで、うっとり見入ってしまう。それ以後、長きにわたり。かぎりなく、永遠に。アド・インフィニトゥム。

＊

エディといっしょだったころ、セックスをしていると、どういうわけかいきなりチタンイエローの絵の具のチューブに貼ってある白黒ラベルのことが浮かんできた。でなければ以前もってたミッキーマウス柄のビニールの小銭入れを思いだした。催眠術にかかったようなへんてこりんな目をしたミッキーの顔を揺らすと、その目が開いたり閉じたり、開いたり閉じたりした。エリベルト・ブリセーニョという少年のあごにできたミトン形の傷痕を思いだしたこともある。五年生のときずっとわたしが熱をあげていた子だ。

でもフラビオとは真逆。木炭スケッチをやっているあいだに、ぼんやりと、練って消しゴムにするパンをひとつまみ口に放りこんで嚙んでいると、突然、フラビオの厚ぼったい耳たぶをわたしの歯が嚙んでいる感覚におそわれる。あるいは、「バー・アメリカ」でだれかが吸っている煙草からふわっと立ちのぼる紫煙を見ると、フラビオのあの手首から肘にかけて美しい線を描く腱のうねりのことを考えている。はては、ティエンダ・グアダルーペ民芸品店からダニーとクレイグがやってきて、南アメリカの雨乞いの棒にはどんな働きがあるか実演しながら説明しているとき、いきなり……フラビオの声が、引き潮のように、なにもかも一点へ引きつけて運び去るように……あのざらついた、木炭と貝殻とガラスをこすりあわせるような声が聞こえてくるのだ。ありえないのに。

*

「タコ・ヘイヴン」はすごく混んでいた。日曜の朝はいつもそうだ。よそ行きの服でおめかししたおばあちゃんと赤ん坊、朝お風呂に入れられて髪がまだ濡れている男の子、パリッとしたシャツのでかい夫、騒いでいる子どもたちを人前ではきちんとしなければと叱って、お尻をピシャッとたたく母さんたち。

三人の警備員がわたしの窓際のブースから立ちあがろうとしていたので、ふたりで急いでそこを確保した。フラビオはチラキレス〔揚げたトルティーヤチップス〕を注文し、わたしは朝食用タコスを注文した。いつものように、ジュークボックス用に二五セント硬貨に両替してもらった。五曲で五〇セント。わたしは曲を選んで押していった。一三二番のジョージ・ストレイト「別れた恋人はみんなテキサスに住んでる」、一四〇番のローラ・ベルトラン「ソイ・インフェリス（あたしは不幸）」、二三三番のルチャ・ビヤ「ポルボ・イ・オルビード（埃と忘却）」、一一八番のリディア・メンドーサ「マル・オンブレ（悪人）」、それから一六七番の「ラ・モビディータ（不実な女）」、だってフラビオがフラコ・ヒメネスの大ファンなのは知っていたから。

フラビオはいつになく無口で、朝ご飯の途中で、こういった。「あのさ、俺、行かなくちゃならない」

「あたしたち、まだ来たばっかりじゃないの」

「いや。俺のことだ。行かなくちゃならない。メキシコへ」

「いったい、どういうこと？」

「母親から手紙がきた。どうしても出席しなくちゃならない示談があって」

「でも、もどってくるんでしょ？」

「どうなるか、わからない」

剛い赤毛の犬が歩道の近くでよろけた。

「いったい、なにがいいたいの？」

あの赤は、ココア色のドアマットとおなじ、いや、「ウィンの店」で売ってる木のハンドルのついた洗濯用ブラシの色だ。

「俺には家族を養う義務があるから」長い沈黙。

あの犬は絶対に病気だ。毛が抜けてあちこち地肌が出ている。やにがたまって充血した目はブドウのつぶみたい。

「母親の手紙では、息子たちが……」

「息子たちって……何人いるの？」

「最初のやつとのが四人。二番目とのが三人」

「最初。二番目。なにそれ？　結婚？」

「いや、結婚は一回だけだ。もう一人のはちゃんと教会で結婚してないから」

「クリストマティック」

事態を考えるとマジで吐き気がした。大胆に足を踏みだしたはいいけどよろけてしまって、ふたりでダンスのステップを後ろに踏んだら脚が三本しかなかったみたいで。

「でも、それはきみには関係ないことだろ、ルーペ。いいか、きみだってお母さんを愛してるだろ、それに、お父さんだって、な？」

あの犬がなにか食べていた。あごでもぐもぐやって痙攣を起こしたみたいに飲みこんだ。豆とチーズのタコスだと思う。

「ひとりを愛することは、もうひとりを愛する妨げにはならない。俺には、愛ってのはそういうこと。ひとつの愛ともうひとつの愛はぜんぜん関係がない。ぜんぶ本気だし心からだ、嘘じゃないよ、ルーペ」

だれかがかわいそうに思ったのか、犬に食べ残りを投げてやったのかも、いや、撃ち殺すほうがいい感じだ。

「そう、そういうことね」

「どうしようもないよ。ラ・イン・イ・エル・ヨウ、陰と陽。そうだろ」フラビオはそういった。本気だった。

「そう、じゃあ」とわたし。食べたばかりのトーレス・スペシャルをもどしそうな気分で――「あなたは、すぐに帰ったほうがいいと思う。あたし、洗濯物を乾燥機から出しに行かなきゃならないから。しわになってしまわないうちに」といってしまった。

「エス・クール……落ちつけよ《アーイ、テ・ワチョ》」とフラビオはいって、するっとブースとわたしの人生から出ていってしまった。「じゃあ、また、たぶん」

＊

バラ色の石英の結晶を探して、わたしのまわりの治癒エネルギーを思い浮べようとした。家中を浄めるために、コーパルに火をつけセージを燃やした。アマゾンの笛や、チベットのドラや、アステカのオカリナの音楽テープをかけて、わたしの七つのチャクラを集中させようとした。前向きのことだけを考えた。愛、慈悲、赦しを表現するもののことを考えた。四〇分ほどそうしていたけれど、まだ、フラビオ・ムンギーアの家まで車を飛ばして、おばあちゃんのモルカヘテをあいつの頭に叩きつけてやりたい欲望を抑えることができなかった。

＊

心底こたえるのは、あいつの沈黙。こんなに確かで、こんなに頑固。便りひとつよこさない。葉書もこない。電話もかかってこないし、こっちからかけようにも、わたしは電話番号を知らない。手紙を出そうと思っても住所さえわからない。イエスもノーも、ない。

空白だけ。むきだしの、だだっぴろい、この渇ききった青い空みたいな日々。からっぽ、なにもない。それがわたしを痛めつける。

眼からこぼれようとするものがない。子どものときは簡単。木の階段を一段降りて、暗い廊下で待てばいい。わたしたちが住んだ家の廊下はどこもパインソルの臭いがして、薄汚れていて、土曜にみんなでせっせと磨いても取れなかった。壁にこびりついたペンキのはね、醜い切り傷、ひび割れ、どれも長いあいだに自転車をぶつけたり子どもが靴で蹴ったり、階下の住人たちがつけたりしたものだ。手摺りは古くさくて全然きれいじゃなくて、新築のときからそうだったんだ、きっとそうだ。家がアパートとして仕切られたとき漆喰や木部に邪悪なものが染み込んだ。四隅の綿ごみや毛玉まで箒がとどかなかった。そしてときどき、ネズミがキーキー鳴いた。

*

　どうすれば音にして出せるんだろ、埃や毛でいっぱいの邪悪さを、この喉や目から、唾と咳とくしゃみと鼻水の音にして。目からぽたぽたしたたり落ちる海をずっとじぶんのなかに抱えこんできたみたい。貝殻のように耳がその受け皿になろうとしている。

*

このところ、わたしたちは太陽から逃げまわっている。急いで通りを渡り、日除けの下へ入る。傘を手にして綱渡りでもするみたいだ。赤、白、青の花柄のナイロン傘。緑と赤のストライプ入りのベージュ。琥珀色の握りのついた、色あせた栗色の傘。バスを待つ女たちはうつむいて、新聞紙やバンダナをうちわ代わりにしている。

悪いニュースだ。空は今日も青く、明日もまた青いだろう。ロングホーンみたいに大きな雲塊が、ものすごい勢いで、地面すれすれをかすめていく。となりで爆睡してる夫みたいな熱気、だれかが耳のなかに息を吹きこんだので、思いきり突き飛ばして「やめろよ」といってやりたくなる熱気。

*

カレッジの仕事をしていたとき、プレシアード祭具店で「パウダー」を少し買ったことがある。サウス・ラレード通りにあるメキシカン・ブードゥーの店だ。あそこで「おまえを繫いで《テ・テンゴ・アマラド・》釘づけにする《イ・クラベテアド》」と「わたしのところへ戻ってきて《レグレサ・ア・ミ》」を選んだんだ――ラッピングが気に入って。なのに今朝はそれを探しまわった。見つからなかったので、カモミールと黒バナナの匂いのするあの店までわざわざでかけていった。

誓願用のロウソクが、それらしくならんでいた。一方の通路にあるのは、教会公認のパワー……聖マルティン・デ・ポーレス、サント・ニーニョ・デ・アトチャ、「聖心」、「神《ラ・ディビナ・》の摂理《プロビデンシア》」、サン・フアン・デ・ロス・ラゴスの聖母。もう一方の通路には世俗のパワー……「偉大な将軍パンチョ・ビリャ」、「絶倫男」、「祝福された死」、「ビンゴ運の神様」、「裁判沙汰を避ける護符」、「裁判勝訴の護符」が背中合わせにならんでいた。たがいに反目しないようにだ、たぶん。わたしは、異教徒のほうから「おまえよりわたしのほうがずっと強い《ヨ・プエド・マス・ケ・トゥ》」を取り、キリスト教徒のほうから「聖母グアダルーペ」を選んだ。

祈禱用のオイル、祈禱用の香水と石けん、誓願用ロウソク、奉納品《ミラグリトス》、ホーリーカード、磁石で車につける聖人像、まつげが人間の毛髪でできた石膏の聖人像、聖騎士マルティヌスの幸運の馬蹄、香とコーパル。アロエ・ベラの束を浄めて赤い糸でくくったものがドアの上のほうにピンで留めてある。ハーブ類が詰まった抽き出しが天井から床まで続いていて、それぞれにラベルが貼ってある。

アカシア、アナカウィテ、アボカド、アリ、アルタミサ、インディオのチョコレート、オレンジの花、カスティーヨのレモンバーベナ、カモミール、ギンバイカ、クルミ、コヨーテ、シナノキの花、白サポジラの木、センポアルの花、テポサン、トウモロコシのヒゲ、熱さまし、バジル、パタ・デ・バカ、ハツカネズミ、ヒメアブラスキ、ヒョウタンの花、ピルル、ブカレの実、ブラックベリー、マムシ、マルビウム、ミント、ヤナギの花、ユーカリノキ。ヘビ、ネズミ、アリ、コヨーテ、雌牛の蹄まであった。本当に死んだ動物が抽き出しのなかに詰めこまれているのかな？　ティシュペーパーに包んだ皮、干した耳、縮んだ黒いアルファベットの円錐形の紙、キラキラになるまで骨を砕いてベビーフードのビンに入れたもの。それともあれは動物に見えたただのハーブだったのかな？

こういったロウソクや薬草《イェルバ》なんかは、本当に効くのかな？　そのプレシアード姉妹の店には、「治癒の聖母マリア」の祭壇の上にスペイン語と英語で「販売はしますが《ベンデモス》、処方はしません《ノ・アセモス・レセタス》」という掲示があった。

＊

日中はカラ元気を奮い起こしていたけれど、夜はわがゲッセマネ、苦悶の時間だ。犬の歯でがぶっと噛まれたときのあの痛み。悲惨な南アメリカのかゆいところには手がとどかない。バスタブの水が排水孔に吸いこまれていくときのちいさなハリケーン。

恋なんてものが入りこまないうちは、ゴツンとぶつかったりキーキー軋ったりせずに、世界はすんなりまわっていくらしい。やがて機械ぜんたいがあっけなく止まってしまう……山のような洗濯物が片寄ってバランスが悪くなったみたいに……ブザーがこれでもかという大きさで鳴り響き、赤いランプがチカチカと点滅する。

そうじゃない。いつだって世界はガラガラとブリキの缶を後ろにぶらさげてまわってきたんだ。いつだってわたしは男に恋してきたんだから。

＊

すべてはもとのままだ。でも、ひとつだけ変わった。鏡をのぞくと、じぶんが醜い。どうしていままで気づかなかったんだろ？

＊

「エル・ミラドール」で、ソパ・タラスカ〔豆と細切りトルティーヤの入ったスープ〕を食べながら、「ディア・アビーの人生相談コラム」を読んでいた。匿名「手遅れ」氏は手紙に、父親が死んでしまったいま、じぶんが父親を傷つけたことを許してほしいと、父親に「愛している」と一度もいわなかったことを悔やんでいると書いていた。

わたしはスープの皿を押しやり、ペーパーナプキンで鼻をかんだ。わたしもフラビオを傷つけておきながらごめんなさいといわなかった。それに、そう、一度も「愛している」といわなかった。そのことばが頭のなかで竹林のウラカスみたいにカタカタと鳴っていたのに。

何週間も、わたしはこのふたつの後悔といっしょに生きていた。まるで牡蠣の殻のなかに埋めこまれた双子の砂つぶみたいな後悔と。そしてある夜、カルロス・ガルデルの「人生は不条理《absurd》な恋の痛み」という歌を聴いていて、わたしは勘違いしていたことにはたと気づいた。absurd の意味は不条理ではなくて、ばからしいだ。なあんだ。

＊

今日、裏庭にあったウィーバーのケトルがついに姿を消した。うっすらと白い煙が三日間、凧糸のように細く立ちのぼった。フラビオからもらった手紙、詩、写真、カードをぜんぶ詰めこみ、彼をモデルにして描いたスケッチや試作もみんな詰めこんで、マッチで火をつけた。紙が燃え尽きるのにこんなに時間がかかるとは思わなかった。でも紙は何層にもなっていた。ずっと棒で突ついていなければならなかった。詩を一篇だけとっておいた。彼が行ってしまう前にくれた最後の詩だった。スペイン語ではきれいな詩。わたしがいうんだから、信じなくてはいけない。でも英語にすると、アホらしく聞こえた。

＊

絵の具の臭いをかぐと頭痛がした。キャンバスに向かう気になれなかった。テレビをつけるようになった。「ザ・ガラビシオーン」チャンネル。古いメキシコ映画でもやっていないか見てるんだ、とじぶんにいいわけした。マリア・フェリックス、ホルヘ・ネグレテ、ペドロ・インファンテ、なんでもいい、お願い、だれかが馬に乗って歌でも歌ってるの、やってないかな。

何日かたって、わたしはテレノベラを見るようになっている。委員会の会議をさぼって、仕事が終わると大急ぎで家へ向かい、帰りがけに「トーレス・タコ・ヘイヴン」に寄ってちいさめのタコスを買う。「野生のバラ《ロサ・サルバヘ》」がはじまる時間にはテレビの前に座っていられるように。野生のバラのようなベロニカ・カストロがでてくる番組。あるいはダニエラ・ロモの「ある《バラダ・》愛の詩《ポル・ウン・アモル》」。かのアデラ・ノリエガの「甘い挑発《ドゥルセ・デサフィオ》」。ぜんぶ観た。リサーチという名目で。

そこに登場する、ロサ、ブリアンダ、ルセロといったヒロインたちのことを夢に見はじめた。でも夢のなかで、わたしは彼女たちにしっかりしなさいと叱咤激励していた。だってヒロインたちが、じぶんからなにかをやる女になってほしかったから。起きたことに振りまわされるのではなくて。苦悩《トルメントソ》の愛じゃなくて。男はパワフルで情熱的、女は気まぐれで邪悪か、やさしくて従順、そんなパターンはごめんだ。そうじゃない女たち。本当の女たち。わたしがずっと愛してきた女たち。「気に入らないんなら出てって《ラルガテ》、ハニー」って感じの女たち。どこにでもいる、わたしがよく知ってる女たち。テレビや本や雑誌にだけは出てこないけど。ラス・ガールフレンズ。ラス・コマードレス。わたしたちのママやおばさん《ティアス》たち。情熱的で、そして、パワフル、やさしくて気まぐれで、勇ましい。それから、なんてったって、気性が烈しい。

＊

「すごく《ビエン》きれい、あなたのショール。サンアントニオで買ったんじゃないでしょ？」センテノ・メキシカン・スーパーマーケットで。レジの人がわたしに話しかけていた。

「ちがう。ペルー産。サンタフェで買ったんだったかな。いや、ニューヨークだったか。おぼえてないわ」

「すごくかわいい《ケ・キュート》。本物の美女《モナ》に見える」

プラスチックの櫛に花の房飾りがついて。紫色のブラウスはラメ糸のかぎ針で編み、裾をジーンズにたくし込まずに外に出してる。大きなお腹を隠すためだ。わかるよ……わたしもおなじことをするもん。

　わたしと似たような年齢だけど、ふけて見える。疲れてるんだ。かまわず赤い口紅をつけてアイメイクしてるけど、かえって悲しげに見える。唇の端から鼻翼にかけて刻まれたしわは、怒りを抑えてるせいかな、いや涙かも。それとも両方か。わたしが出した「バニダデス」〔スペイン語の女性向け月刊誌〕の金額をレジに打ち込んでる。「特別号」「フリオが恋人募集中と告白」「まだ、お父さん娘なの？　……じぶんを解放しなさい！」「眼で愛を伝える一五の方法」「アルゼンチンのサッカー・スター、マラドーナの夢の結婚式（費用は三〇〇万米ドル）」「コリン・テジャドの一話完結の小説『海辺の夏』

カバーを見て「リベルタード・パロマレスだ」と彼女がいった。

「アマル・エス・ビビル、愛することは生きること」自動的にわたしは答えた。まるでそれがじぶんのモットーみたいに。リベルタード・パロマレス。テレノベラに出てくるヴェネズエラの超ビッグスターだ。泣くのもビッグ。どの話でも彼女は聖女マグダレーナみたいに泣く。わたしはちがう。じぶんの生命がそんなことに振りまわされたら、とても泣けない。

「ねえ、彼女はあの役、すごくうまかったね？」

「あたし、ぜんぶ観てるよ」本当だった。

「あたしも。うまくいけば《シ・ディオス・キエレ》、今日も早く帰って観ようかな。いいとこだもんね」

「なんかもうすぐ終わるみたいだけど」

「終わらないでほしい。これ、いくら？　あたしも一冊買おうかな。三ドル五〇！　すっごく《ビエン》高い」

＊

たぶん一度。いや、たぶん皆無。たぶんクラブ・ファンダンゴでだれかが「踊らない？」と誘うたびに。サウス・ミッション通りの「アシエンダ・サラス・パーティ・ハウス」で土曜の夜にぞっこん。それとも、サルサモラ通りにある「レルマのナイトスポット」。リッキーの「ポコ・ロコ・クラブ」や「エル・タコナソ・ラウンジ」で男の子を軟派しながら。それともたぶん、わたしのように、ガレージで絵を描きながら。

　アマル・エス・ビビル、愛することは生きること。センテノ・スーパーにいたあの女性にとって、わたしにとって、それがどういうことになるかというと、せいぜい、毎日六時半にチャンネルをあわせて、次の話、次のスリルを求めつづけることだった。全世界が川の流れみたいに血中を駆けめぐっていたあの生を追体験すること。生き生きと。何週間もかけて奨学金の申込書を書くことじゃなくて、四〇時間もレジに立って炒めた豆の缶詰をビニール袋に入れるんじゃなくて。絶対、ちがう。そんなことのために、わたしたちはこの惑星に降り立ったわけじゃない。決して。

　ローラ・ベルトランが四本目のセルベサを飲みながら「あたしって不幸《ソイ・インフェリス》」なんて啜り泣くのはダメ。それよりダニエラ・ロモが「もういい《ヤ・ノ》。あなたのことは大切だけど《エス・ベルダド・ケ・テ・アドロ》、じぶんのことは《ペロ・マス・メ》もっと大切《アドロ・ヨ》」って歌うのがいい。

　どっちにしても。ばかばかしいポップヒットの歌詞にすぎないけど。わたしたちはこの世界を立て直しながら生きてくんだ。人生はこんなふうに生きるものだって感じで、じぶんの人生を生きてくって意味ね。喉も使うし手首も使う。怒りと欲望と、喜びと悲しみと、そしてたぶん、愛も、それで傷つくまで。でも、チクショウ、みんな《ガール》。生きてこうぜ。

＊

双子の火山の絵にもどった。いいアイディアを思いついて、ぜんぶやり直した。プリンス・ポポとプリンセス・イシュタの場所を入れ替えた。つまるところ、眠ってる山はプリンスじゃないとは、それを見ているのがプリンセスじゃないとは、だれにもいえないじゃない？　じぶんのやり方でいくことにした。プリンセスの代わりにプリンス・ポポカテペトルがあおむけに横たわる。もちろん、地理的なシルエットを模造するために解剖学的に手を加えなければならなかった。タイトルは「エル・ピピ・デル・ポポ」、そう、「ポポのオシッコ」にしようと思う。ちょっと気に入ってるんだ。

＊

どこへでも行く、それはわたしとわたし。わたしの半分が人生を生きていて、もう半分が、生きてるわたしを見ている。あっというまにもう一月だ。空は海のように広く、サメの腹みたいな灰色がずっと何日も続き、それからいきなり青空になる。あんまりやさしい青なので、わずか数か月前は暑くて、暑さでピーカンの殻みたいに体がパカッと割れそうな気がしたなんて思いだせない。

夕日が沈むたびに、わたしはそそくさと絵筆を洗って、大急ぎで、ガレージの屋根にかけたアルミの梯子を、タンタンと足音をたてながら軽やかにのぼっていく。

四方八方から何千というウラカスが飛んできて、川のそばの木に止まるからだ。この季節、葉を落とした樹木はイソギンチャクみたいで、枝という枝に止まった鳥の黒い影が、ト音記号のようにくっきりと見える。凜として、さわやかで、なんとも気品があって、よく切れるハサミで黒い紙を切り抜いて図書館専用の強力接着剤でくっつけたみたいだ。

スペイン語ではウラカス。英語ではグラックルズ。ウラカス。おなじ鳥だけれど見る人によってちがう。街ではグラックルズと呼んでるけど、わたしはウラカスのほうが好き。巻き舌のラの音で断然ちがう。

ウラカス、やがて、カラスみたいに大きくなって、オオガラスみたいにつやつやで、急降下してきてなにかをさらい、大声で騒ぎたてる。フィエスタの酔っ払いみたい。ウラカスが鋭い鳴き声をあげる。音階を駆けのぼっていくような、バイオリンの弦に指を素早くすべらせながら弾くような、声。それから、喉元のあの箱から、輪縄を投げるみたいにヒューーッと鋭い声を発して、パラパラッと散って、チュッチュッと鳴きながら飛んでいく。チュッチュッ、チュッチュッ。

あっちでもこっちでもひとかたまりのホシムクドリが空に飛び立っていく。みんなおなじ方角に向かって飛んでいく。すると、ずっと遠くでまたべつのホシムクドリの群れがぱっと広がる。コショウを振ったみたいだ。風がピーカンの実をからからと揺する。カラン、カラン。悪ガキが家に石をぶつけてるみたい。じめじめした土の臭いは、煮立てた紅茶の臭いに似ている。

ウラカスが弧を描きながら飛んできて、木の梢に降り立つ。青い空に大きな翼を広げて。鳥が枝に止まると枝先が細かく震えて、飛び立つときもまたぶるぶるっと揺れる。頂上の鳥たちが一心に、ひとつの方角へ向かって、鳥たちのメッカへ向かっていく。

別行動を認められたメンバーが群れからはずれて、高く高くのぼっていく。ある方角へ急降下する鳥、十文字に飛びかう鳥。ハーフタイムのマーチングバンドみたい。こっちの急降下があっちの急降下と衝突することはない。地面近くを飛ぶウラカス、ホシムクドリがもっと高く飛ぶのは体がちいさいからだ。毎日。日没になると。そして、だれも気がつかないまま地面を見ながら「クソッ！　だれがこのフンを掃除するんだ！」というだけ。

そのあいだも空は刻一刻とようすが変わる。青、紫、桃色、めまぐるしく変化する。太陽がぐんぐん沈んでいって、あたりを包む光が真珠層のやわらかさを帯び、カナレットの絵のような、アプリコットや、耳たぶの色になっていく。

そして世界中の鳥という鳥が、チチチチ、チュンチュンさえずりまわり、クックッ、チュッチュッとおしゃべりにうつつをぬかし、ありがたいことにまた一日が終わったと、昨日もないし明日もない、鳴くのは今日だけといわんばかりに、キーキー、ガーガー、はてはギャーギャーと鳴き狂っている。だって、いましかない、いましかないんだ。過去も未来も考えられない。今日しかないんだから。それいけ。それ鳴け！

¡タン・タン!

訳者あとがき

はじけるようなことばのリズムに乗って、その場面その場面がいきいきと立ちあがってくる前作『マンゴー通り、ときどきさよなら』は、シカゴの下町をモデルにしたラテン系移民の街が舞台だった。この短篇集『サンアントニオの青い月』(原題 *Woman Hollering Creek and Other Stories*)では舞台が次第にメキシコとの国境の町に移り、ふたつの国の境をはさむようにして生きる人びとの暮らしが、さまざまな人物の声を通して描かれている。いろんな物語が投げ込まれたストーリー・バスケットのような作品になり、『マンゴー通り』にくらべると登場人物の年齢や、物語の背景、時代などの幅がぐんと広がった。

十一歳でいるとはどういうことかを少女がリアルに語る「十一歳」、国境を越えてメキシコからやってきた花嫁をめぐる「女が叫ぶクリーク」、妻のいる大学教授の情人だった絵描きが語りかける「メキシカンとは結婚しちゃだめ」、メキシコ革命前夜を舞台に時間と空間の軸を軽やかに移動させながらすすむ白眉の語り「サパタの目」、オルメカ人の顔をした自称詩人のメキシコ男に熱をあげるチカーナ(メキシコ系アメリカ人の女性)の話「とてもきれい《ビエン》」など、多彩な物語が展開される。そこには、さまざまな状況といくつかの時代を背景にしながら、作品内部からくっきりと聞こえてくる声がある。「いきいきとした」とか「快活な」といった形容では不十分なほどの存在感をもった圧倒的な声の響きがあるのだ。

物語を読んで目をみはる思いがするのは、メキシカン・アメリカンといわれる人たちに対してわたしたちがこれまで抱いていた漠然としたイメージが、どれほどあいまいでステレオタイプだったかに気づくときだ。それは、この世界で同時代を生きているのに、こんな声は耳にしたことがなかったと思うような声が紙面から立ちのぼってくる瞬間であり、また、よく耳を澄ませばおなじような声が、ひょっとするとこの国にも、この町にも、すぐそばでも聞こえてきそうな気がする瞬間である。それはまた、この世界にはまだまだ無数の「見えない人たち」が存在することに気づく瞬間といっていいのかもしれない。

シスネロスはこの短篇集を出した翌年、ある雑誌のインタビューでこう語っている。

「人は、わたしが『マンゴー通り』を自分の日記をもとにして書いたと思ってるみたい。でも、本物の日記を見れば、作品とはひどくかけ離れているのがわかると思うわ。『マンゴー通り』を書いてた二〇代のころは、自分が実際の暮らしのなかで直面している問題についてはとても書けないと思っていたの。だからもっと年若い少女の声で語ることを選んだわけ。

わたしはいま三八歳だけど、女性がかかえている問題にとても関心があるのね。セクシュアリティとか、男と女、父親と娘、それに祖母との関係といったことだけど。いまなら距離をもって見ることができるし、知恵もついたと思うから、二〇代のころにはタブーだったテーマも書けると思う。あのころは、なんていうか、詩みたいな、もっと抑えこんだ書き方しかできなかった……」

こうして、花である詩のあとに果実が熟するようにして、この短篇集の物語群が生まれてきたのかもしれない。本書はまず一九九一年にランダムハウス社から出て、すぐに翌年同社のヴィンテージ・コンテンポラリー・シリーズに入り、熱狂的な歓迎を受けた『マンゴー通り』以上に高く評価された。近々スペイン語版も米国内で出るらしい。

「きらきら輝くような……これらの物語に誘われて、読者は登場人物の心の奥にすっと入り込んでいく。そして、それが忘れられなくなるのだ。初めてのキスのように」（ザ・ニューヨーク・タイムズ・ブック・レビュー）という書評があったけれど、本当にそんな気がする。なんともシリアスな人間関係を描きながらも、サンドラ・シスネロスという詩人・作家のシフトの軽やかさを感じさせるからだ。切なく苦く、それでいて思いっきり抱き締めたくなるような感じ、あるいは、めげている心に「元気だしなさいよ！」と背中をポンとたたいてくれる温かい手の平のような感じがするのだ。

サンドラ・シスネロスは一九五四年のシカゴ生まれ。父はメキシコ人、母は米国生まれのメキシコ人。夏休みになるとよく父親の故郷メキシコに一家で旅行したという。その体験を思わせるのが「メリケン」や「テペヤック」だ。二八歳までシカゴに住み、その後は「あちこち雲のように移動して歩いた」そうだ。現在はテキサス州のサンアントニオに定住し、マッカーサー奨励金を受けて、はじめての長篇小説にとりくんでいる。詩集も二冊。いくつもの賞を受け、作品は一〇か国語に翻訳されている。シスネロスの生い立ちや、作品のバックグラウンドになっている社会や文化については、『マンゴー通り』のあとがきに詳しく書いたので、そちらもあわせて読んでいただければと思う。

翻訳の作業は、あっちにもこっちにも出てくる一筋縄ではいかないテックスメックスのスペイン語、サンアントニオの通りや店の名前、メキシコ料理、メキシカン・ヴードゥーの薬の名と、盛り沢山に大変だった。ホットでインサイドな、現地実況中継みたいな短篇さえあるのだから。もうやってらんない、と思いながらスペイン語と格闘した。結局は、膨大な項目の質問表を著者に書き送って答えてもらったおかげで、ようやく仕上げることができた。

でも（じつは）とっても楽しかったのだ。というのは、ここには「恨みがましく泣く女ヨローナ」を「大声で叫ぶグリトーナ」に変え、「母さんやお祖母さんみたいな生き方はしたくない」ともがいていたチャヨが「母親の忍耐にも力があり、祖母の辛抱にも強さがある」と思えるようになる「逆転の力学」の熱いメッセージが込められているからだ。

聖母グアダルーペの本当の姿がトナンツィンだとわかったとき、本当の名前が「蛇を支配する力をもった」コアトラクペソウだと知ったとき、さまざまな姿であらわれるキリスト教の聖母がじつはテテオイナン、ショチケツァルといった、ヨーロッパ人に征服される前からこの土地に伝わる女神なのだと気づいたとき、彼女は自分自身を愛することができるようになった。ここは何度読んでも胸が熱くなる。また、「とてもきれい」も、思わず「元気に生きていこうね、みんな《ガールズ》」と心のなかで叫んでしまいそうな短篇だ。

グラシアス、サンドラ！　ありがとう！

（一九九六年晶文社版の「訳者あとがき」に加筆）

英語とスペイン語が混じりあう——Uブックス版に寄せて

この本は、一九九六年十二月にまず晶文社から単行本として出版されました。これはその翻訳テキストを見なおして部分的に改訳したものです。初訳のころはスペイン語部分を理解するためにラジオ講座を半年ほど聞いて、物語の奥へ分け入るきっかけを見つけようと奮闘努力したものでした。インターネットなどない時代にメキシコの事情やテキサス州に特有のスペイン語、テックスメックスの口語的表現を解明するのは、まるで謎めいた暗いトンネル内を手探りで進むようでした。

幸運にも白水Uブックスに入ることになって、サンアントニオ近辺の地名などを調べなおして補いましたが、グーグルなどが利用できる現在は翻訳作業そのものも大きく変わり、個々の情報に行き着けるまでの速さに隔世の感があります。シスネロス自身もいまはメキシコのグアナフアト州サン・ミゲル・デ・アイェンデに住んでいます。

この短篇集では、セクシュアリティやDVといった「若いころはタブーだったテーマ」が大胆に扱われています。初訳が出た九〇年代なかばの日本は、それを正面から受け止める土壌が十分に耕されていなかったようですが、四半世紀後のいま読むと、先駆的なフェミニスト作家シスネロスのユニークで感情豊かな声が、作品の隅々からたちのぼってくるのがわかります。「イズム」を超える「物語」のしなやかなことばが、読者の心の奥まで響いてくるのです。

さらに今回は、スペイン語の読みや意味について東京大学現代文芸論の教授、柳原孝敦さんにいろいろ教えていただき、初訳では煩雑すぎるとしてカットせざるをえなかったスペイン語の「音」もできるだけ残すことができました。現場のリアルさをより細やかに伝える日本語表記を心がけることで、作品世界の奥に広がる、入り組んだ多文化、多言語状況をよりクリアに可視化させることができたように思います。柳原さんのご協力に深く感謝いたします。

またアメリカ文学のなかでも、とりわけ移民や先住民の文学を専門とする翻訳家で法政大学教授の金原瑞人さんに解説を書いていただけたのはなによりの贈り物、深謝いたします。

サンドラ・シスネロスの名著をこうしてふたたび多くの日本語読者にあらたにとどけることができたのは、白水社編集部の杉本貴美代さんのおかげです。心からの感謝を！　ありがとうございました。

二〇一九年十一月

くぼたのぞみ

解説

金原瑞人

一九九一年夏、ニューメキシコ州に住んでいたルドルフォ・アナヤに会いにいった。メキシコ系アメリカ人作家は彼から始まるといわれていたからだ。わざわざニューメキシコまで会いにくる日本人も珍しかったせいか、彼はとても親切にメキシコについて、アルバカーキについて、メキシコ系作家について、ていねいに教えてくれた。そのとき、何度か話題に出たのが、ジミー・サンチャゴ・バーカーとサンドラ・シスネロスだった。

日本に帰って、まず、ルドルフォ・アナヤの『ウルティマ、ぼくに大地の教えを』の概要をまとめていくつかの出版社に持ちこみながら、シスネロスも紹介していたところ、なんと、すでに晶文社が版権を取っていて、訳者も決まっているということがわかった。ちょっとくやしかったが、あんな作品、どう訳すんだろうと興味津々だった。なにしろ、小説というより詩なのだ。そして訳者は、くぼたのぞみさんとのこと。

そしてその作品が『マンゴー通り、ときどきさよなら』というタイトルで出たときは愕然とした。ぼくの読んだシスネロスでは、まったくないのだ。だから読み始めてしばらくは、ずいぶん違和感があった。ところが、三分の一くらいまで読んだとき、ぞくっとした。「自分は何を読んでいたんだろう、これがシスネロスだ！」と腑に落ちたのだ。そのときの驚きはいまでもよく覚えている。そもそも *The House on Mango Street* というタイトルをこう訳すところからいって素晴らしい。

そしてシスネロスの次の作品 *Women Hollering Creek and Other Stories* も、くぼた訳で出た。日本語のタイトルは『サンアントニオの青い月』。こちらも見事だ。前作と同じスタイルの短篇集なのだが、今回の舞台は、テキサス州南部とそれに接しているメキシコの国境地帯。様々な女性が――幼い子からおばあさんまで――家族を語り、友人を語り、恋人を語り、夫を語る。そしてなにより、自分を語る。そこで語られる自分の多くは、アメリカ人でもなく、メキシコ人でもない自分で、「自分」という場所しか立つべきところがないのに、なかなか自分をみつけられない、そんな女性だ。

たとえば英語のタイトルにもなっている、「女が叫ぶクリーク」の主人公、クレオフィラスはソープオペラのような世界に憧れて、メキシコの小さな町を出て、メキシコ系のテキサス男と結婚する。しかしそこにはテレビもなく、夫は粗暴で下品だった。豊かな家で幼い頃から大切に育てられてきて、「男があたしを殴ったりしたら、どんな男だって殴り返してやる」と思っていたクレオフィラスは夫に殴られ、本をぶつけられるが、殴り返すことができない。それどころか、ふたり目の子を妊娠したとき、金がないといって病院にもいかせてもらえない。クレオフィラスが必死に頼みこんで病院に連れていってもらうと、青あざだらけの体をみて事情を察した看護師が救いの手を差しのべる。そして……「女が叫ぶ小川《クリーク》」を渡るとき、クレオフィラスは運転席の女性フェリスが大声で叫ぶのをきいて、やっと自分をみつける。

「そういってからまた、フェリスは大声で笑いはじめた。でも、笑っているのはもうフェリスじゃなかった。それはゴボゴボといいながら喉から出てくる、長いリボンのような、水のような、彼女自身の笑い声だった。」

「すごくきれい」の主人公ルーペは、サンフランシスコで恋の破局を迎え、テキサス州にいくことにする。「あんた、気でもちがったの？　あそこじゃメキシコ人をメスキンって読んで、いまだにリンチしたりするんだよ」という友人の言葉を無視して、ルーペはサンアントニオにあるコミュニティ文化センターの指導員になった。引っ越して、家のゴキブリ駆除を頼んだところ、ヴァンでやってきたのがフラビオ。ルーペは彼に、絵のモデルにならないかと誘う。そして全身で愛してしまう。「これまで男とスペイン語で寝たことはなかった」というルーペはフラビオに、フラビオの言葉に恋してしまう。

「あの言語。ナツメヤシの葉やフリンジつきのショールでさっと撫でるあの感じ。びっくりどぎまぎするあの感じ、ゴールドフィンチの心臓とか扇のひと揺れみたいな（中略）また英語で男と寝るなんて考えられる？　糊のきいたr音やg音のある英語。パリパリのシーツみたいな音節のある英語。」

　ところが、あるときフラビオは、母親から手紙がきたからメキシコに帰らなければという。結婚して息子までいたのだ。

「かつてわたしは船上の水夫のように確かな足取りで、ふらつくことなく激動の日々も制御下におさめていた」はずのルーペが、フラビオに出会ってからのことを語るこの短篇は、ときどき辛辣で、ときどきユーモラスで、ときどき切ない。

「サパタの目」はほかの多くの短篇と違って、舞台は二十世紀初めのメキシコ、登場人物も全員メキシコ人だ。そして主人公イネスが愛してしまうのは、メキシコの革命家、エミリアーノ・サパタ。一九一〇年から一七年まで続いたメキシコ戦争の英雄だ。イネスの愛するエミリアーノは次第に有名になっていき、「サパタ」という名があちこちで口にされ、浮気のうわさも次々に耳に入ってくる。イネスは子どもがすでに何人かいて、生活は苦しい。戦争が始まってからは女までが開墾地の畑仕事をしなくてはならなくなったからだ。さらにあたりは戦場になり、死体が塹壕に埋められ、五人ほどの連邦政府軍の兵士の死体が広場に積み上げられる。そんな状況のなかで、イネスは夜になるとフクロウに姿を変え、翼を広げて飛翔し、遠くにいるエミリアーノのそばまで飛んでいく。エミリアーノはほかの女と寝ていることもある。あちこちでエミリアーノの目をした子どもが生まれる。イネスはそんな子どもを呪い殺したとうわさせる。この時代のメキシコ、そしてこの時代のメキシコ女性が幻想的に、そしてリアルに描かれていく。

それにしても冒頭、「あなたのまつ毛に、わたしは鼻を近づける。まぶたはペニスの皮膚のようにやわらか。鎖骨は羽を大きく広げた翼。」ではじまる段落はまるで一篇の詩のようだ。こんな文章がときどき、シスネロスの作品には顔を出す。

「まだだめ。まだ、だめ。なんだかもう、たまらなかった。ちゃんと立っていられなかった。ガツンと殴られたみたいな、鼻の孔から内臓をぜんぶ引っ張りだされて、そこからシナモンとグローブを詰めこまれたみたいな感じで、わたしは涙も流さずに、そこにただ突っ立っていた。」（「メキシカンとは結婚しちゃだめ」）

「どうして教会って、耳のなかみたいな匂いがするんだろう？　お香の匂いみたいで、暗闇みたいで、青いグラスのなかのロウソクみたいじゃない？　それに、聖水ってどうして涙の匂いがするんだろう？」（「メリケン」）

シスネロスの作品は、所々で、ぎゅっと凝縮度が高くなる。そういうところでは、ふとストーリーを忘れて、宙ぶらりんになった意識のなかに、非日常的な言葉とイメージが響き合う。

形のあったはずの悲しみや切なさや喜びが、飛び散って全身に広がる。そんな文章で紡がれていく、チカーノ、チカーナの人々の物語は、アメリカ人にとって衝撃的だったし、今でもその時の衝撃は薄れることなく読みつがれている。メキシコ人でもなくアメリカ人でもない、作家でもなく詩人でもないシスネロスは、メキシコ人であってアメリカ人であって、作家でもあり詩人でもあることを証明してみせたのだ。否定を肯定に書き換え、絶望を希望に置き換え、自分を世界に、世界を自分に移しかえるためには思いもよらないエネルギーと想像力が必要だが、それは決して不可能ではない。そのことを、詩と小説がせめぎあって火花を散らすシスネロスの作品は鮮やかに教えてくれる。

（かねはら・みずひと　翻訳家）

本書は一九九六年に晶文社より刊行された。

著者紹介

サンドラ・シスネロス　Sandra Cisneros

1954年、シカゴ生まれ。父はメキシコからの移民第一世代、母は米国生まれのメキシコ系アメリカ人。シカゴのプエルトリコ人居住区で育つ。84年刊行の『マンゴー通り、ときどきさよなら』が大ヒット、数々の賞を受賞して、全米の中学、高校、大学で必読書となる。これまでに600万部を超える売り上げを記録し、いまも記録を更新しつづけている。91年に発表した短篇集『サンアントニオの青い月』（本書）はPENベストフィクション賞や全米芸術基金奨励賞などを受賞。2002年には世代をまたいで米国とメキシコを往還する歴史長篇『カラメロ』を発表。15年にはオバマ大統領からホワイトハウスで全米芸術栄誉賞を授与されて話題を呼んだ。米国の移民社会をリアルに描く作品は、世界中で数多くの言語に翻訳され、アメリカスの重要作家の地位を築く。現在はメキシコのグアナフアト州サン・ミゲル・デ・アイェンデに暮らしている。

訳者略歴

くぼたのぞみ

1950年、北海道生まれ。翻訳家、詩人。著書に『鏡のなかのボードレール』、『記憶のゆきを踏んで』など。訳書に、サンドラ・シスネロス『マンゴー通り、ときどきさよなら』、J・M・クッツェー『モラルの話』、『ダスクランズ』、『マイケル・K』『サマータイム、青年時代、少年時代──辺境からの三つの〈自伝〉』『鉄の時代』、チママンダ・ンゴズィ・アディーチェ『アメリカーナ』『なにかが首のまわりに』『イジェアウェレへフェミニスト宣言、15の提案』『男も女もみんなフェミニストでなきゃ』『半分のぼった黄色い太陽』、マリーズ・コンデ『心は泣いたり笑ったり』など多数。翻訳紹介にあたって同時代の作家、作品のコンテキストを重視する。

白水uブックス　227

サンアントニオの青い月

著　者　サンドラ・シスネロス
著　者 © くぼたのぞみ
発行者　及川直志
発行所　株式会社 白水社
東京都千代田区神田小川町 3-24
振替　00190-5-33228　〒 101-0052
電話（03）3291-7811（営業部）
（03）3291-7821（編集部）
www.hakusuisha.co.jp

2019 年 12 月 15 日印刷
2020 年 1 月 10 日発行
本文印刷　株式会社精興社
表紙印刷　クリエイティブ弥那
製　　本　誠製本株式会社
Printed in Japan

ISBN978-4-560-07227-1

乱丁・落丁本は送料小社負担にてお取り替えいたします。

白水uブックス

マンゴー通り、ときどきさよなら

サンドラ・シスネロス 著
くぼたのぞみ 訳

アメリカンドリームを求めて、プエルトリコやメキシコから渡ってきた移民が集まる街に引っ越してきたエスペランサ。思春期にさしかかった彼女の目を通して、自由と夢を追い求める街の人々の悲喜劇を、みずみずしい感性ですくいあげた名作。解説・温又柔。金原瑞人氏推薦！

白水uブックス

来福の家

温 又柔 著

台湾で生まれ、日本で育った楊縁珠は、大学の中国語クラスで出会った麦生との恋愛をきっかけに、三つの言語が交錯する家族の遍歴を辿って、自分を見つめ直すが——。すばる文学賞佳作受賞の鮮烈なデビュー作「好去好来歌」に、希望の光がきざす表題作を併録。解説＝星野智幸

台湾生まれ　日本語育ち

温 又柔 著

三歳から東京に住む台湾人の著者が、台湾語・中国語・日本語の三つの言語のはざまで、揺れ、惑いながら、ときには国境を越えて自身のルーツを探った四年の歩み。第64回日本エッセイスト・クラブ賞受賞作の増補新版！

ヒョンナムオッパへ

韓国フェミニズム小説集

◆チョ・ナムジュ、チェ・ウニョンほか　斎藤真理子 訳

『82年生まれ、キム・ジヨン』の著者による表題作ほか、日常生活の心情をリアルに描いた作品から、サスペンス、ファンタジー、SFまで、多彩な形で表現された七名の若手実力派女性作家の短篇集。

『ヒョンナムオッパへ』の主人公は、地方出身の女子。先輩のヒョンナムに恋をし、精神的に支配されながら、それが暴力であるということにも気づいていない。あとからそれに気づくという小説が書きたかった。

――チョ・ナムジュ